Sam Shepard

Der große Himmel

Short Stories

Aus dem Amerikanischen von
Uda Strätling

S. Fischer

Dank an:
Jesse
John
Wim
T Bone
Dan
Hannah
Shura
und Walker

Die Originalausgabe erschien unter dem Titel »Great Dream of Heaven«
im Verlag Alfred A. Knopf, New York.

Satz: H & G Herstellung, Hamburg
Druck und Bindung: GGP Media, Pößneck
Printed in Germany
ISBN 3-10-074430-6

Jessica

Wie früher von einem Seligen gesagt wurde:
›Er durfte den Himmel sehen‹,
so würde ich mir sehr wünschen,
immer die Erde sehen zu dürfen.

Peter Handke

Inhalt

Der Praktiker

Da gabs für E.V. nichts zu drehen und deuteln: Pferdeflüsterer war er nicht. Von wegen. Er war Praktiker. Er trieb Problempferden die Macken aus, und wenn E.V. was austrieb, dann ein für alle Mal. Mehr hat er von sich nie behauptet. Wir hatten da so einen Kandidaten. Einen Fünfjährigen, den Dad bei der letzten Auktionsrunde drüben in Sonoma fürn Appel und en Ei abgeschossen hatte, wurde für nur $ 1.200 zugeschlagen. Sah gar nicht übel aus, kräftige Hinterhand, aber ein Hirn wie ein Spatz. Und eine Macke, die untragbar war, nämlich sich mit aller Kraft gegen seinen Führstrick zu stemmen, sobald man ihn an irgendwas Massives anband. Der Tag, an dem er sich die halbe Scheunenwand auf den Kopf haute, war der Tag, an dem wir E.V. anriefen. Eine geschlagene Woche ließ er uns warten bis zu seinem üblichen Aufzug – 54er Chevy-Halbtonner mit Arizona-Kennzeichen und im klapprigen Pferdehänger mit abgefahrenen Reifen und flatternder Plane. Weil er keine Rückspiegel für unseren engen Wendeplatz hatte, stellte er seine Mühle immer unten in der Senke ab und stieg dann zu Fuß die steile Schotterstraße zum Haus rauf. So oft kam E.V. nicht zu uns, weil normal wurde Dad mit den »Spinnern« selbst fertig, aber immer, wenn E.V. vorbeischaute, war das für mich ziemlich aufregend.

E.V. war ein drahtiger kleiner Mann Ende fünfzig mit einem steifen Bein, weil es ihm mal beim Beschlagen die Kniescheibe zertrümmert hatte, ungefähr in meinem Alter, so mit vierzehn. Jetzt kam er ruckend den Hang hoch, und sein grauer Filzhut blieb nach unten gekantet und hüpfte im Takt. Auf seiner Schulter hing ein alter geflickter Innenschlauch, in der linken Hand schlackerte ein dickes, aufgerolltes schneeweißes Baumwollseil, und das lose Ende hatte sich E.V um den Rosshaargürtel geschlungen. Ich hab immer gedacht, das Seil wäscht er regelmäßig in Ivory, dass es so weiß bleibt. Das Seil war überhaupt das Sauberste an ihm. Als E.V. oben ankam, hörte man ihn kein bisschen keuchen und schnaufen, wie man es von einem Mann in seinem Alter eigentlich erwarten würde. Er war einfach plötzlich da, wie aus der Luft abgeworfen. »Na, Mason, hat ihn der Abdecker schon geholt?« Er grinste Dad an, dass man einen Blick auf seine paar braunen Zahnstümpfe erhaschte, und hinter den Schlupflidern sprangen die kleinen glitzernden Diamantdinger von Augen vor – wie Indianeraugen, nur eben eisblau.

»Noch so ne Woche, und ich hätte ihm eigenhändig den Kopf abgehackt«, sagte mein Dad ohne viel Spaß in der Stimme.

»Tut mir leid, Mason, aber ich hatte noch unten in Oakdale zu tun.«

»Von wegen zu tun. Weiber auftun, was denn sonst.« E.V. johlte los, er hob zu einem hemmungslos schrillen Freudengeheul an, und da blieb Dad und mir nicht viel übrig als mitzulachen, obwohl mein Dad es kürzer machte, als ichs eigentlich richtig fand. Wir gingen zum Korral hinter der ramponierten Scheune runter, wo wir den Wallach weggesperrt hatten, und als E.V. sah, was der in seiner Wut alles zu Kleinholz gemacht hatte, fing er schon wieder an zu kichern.

»Hoffentlich hast du für den Gaul mehr hingeblättert als für die Bretter, Mason.«

Diesmal fand mein Dad nichts mehr zu lachen. Sein Ton war verdammt schneidend.

»Wenn du ihn erst in der Mangel gehabt hast, ist er sowieso keinen stumpfen Nickel mehr wert.« E.V. zwinkerte mir zu, ohne dass es Dad mitkriegte, und im selben Augenblick dämmerte mir, dass es auf der Welt vielleicht doch erwachsene Männer gab, die noch einen Funken Spaß aus dem Leben schlagen und es irgendwie geschafft haben, nicht wie mein Dad in ein schwarzes Loch zu fallen. Am Korral ließ E.V. den Schlauch von seiner Schulter auf die hartgebackene Erde gleiten, stellte einen Stiefel aufs unterste Stangenholz und besah sich das Problempferd.

»Strammer Bursche, wie?«

»Stramm im Kopf«, brummte mein Dad. E.V. hing da eine halbe Ewigkeit am Zaun und sah zu, wie der Wallach mit erhobenem Schweif in engen, nervösen Kreisen herumtrabte, Rotz schnaubend, die schwarz umrandeten Ohren in unsere Richtung gespitzt.

»Ganz so blöd ist er auch wieder nicht.« E.V. grinste, ganz in die Bewegungen des Pferds versunken. »Jedenfalls schwant ihm, dass wir was mit ihm vorhaben. Weißt du was, Junge...« Er drehte sich nach mir um, und als seine hellen Augen mich fanden, war mir, als würde sich eine warme Hand auf meine Brust legen. Da war so was Gütiges, das haute mich um, so gierig war ich danach. »Geh mal mit dem alten Schlauch rüber zu der Platane da und leg ihn um den dicken, buckligen Ast. Siehst du den?« Er zeigte auf einen Ast des riesigen Baums, bei dem ich immer schon an Fleisch und Blut denken musste. Beinweiß und bemuskelt mit so einer rotgemaserten Rinde, die sich am Stamm in den Furchen runterzieht wie Adern. Ich hatte mich vor dem Baum immer ein bisschen gegruselt, vor allem als ich noch klein war und nach einem Ausritt im Dunkeln durchs Gestrüpp der Hügel zurückmusste. Dann sprang mich das Weiß so plötzlich an, und genau der Ast, auf den E.V. zeigte, hatte mich immer am meisten erschreckt. Oft genug hatte ich meine alte Braunschimmelstute im weiten Bogen drumrum gelenkt, damit der Ast nicht nach mir grapscht und mich seitlich vom Sattel fegt. Aber da war ich ja noch viel jünger, und nach und nach hatte ich mir ausreden können, immer daran zu denken. »Du musst ihn hier durchziehen, bis er sich selbst festzurrt.« E.V. machte es mir am ausgestreckten Arm vor, dann warf er mir den Schlauch hin.

»Lass mich lieber machen«, brummte mein Dad und tat einen Schritt, wie um den Schlauch aufzuheben, aber E.V. hielt ihn ab.

»Ach was, lass ihn nur, Mason. Dich brauch ich hier am Gatter. Er schafft das schon. Mach ihn nur schön weit oben fest, Junge. Der muss hoch über seinem Kopf hängen.« Ich hab gemacht, dass ich schnell mit dem Schlauch wegkomme, ehe sich Dad die Sache anders überlegt. Ich hatte nämlich so das Gefühl, dass sich E.V. das mit der Hilfe am Gatter gerade erst ausgedacht hatte. Ich hatte ihn schon reichlich Pferde ohne fremde Hilfe durch Gatter bugsieren sehen.

Um den Schlauch für E.V. weit genug oben anbringen zu können, musste ich in den Gruselbaum hochsteigen, und als ich den Schlauch endlich um den Ast gewunden und festgezogen hatte, sah ich, dass E.V. den Wallach schon mit seinem weißen Seil eingefangen hatte. Dad stand völlig unnütz am Gatter. Von dort oben hatte ich eine ganz klare Sicht auf alles, und die Luft roch nach Eukalyptus und frischem Staub. Man sah weit hinaus über die braunen Hügeldellen, wo die Jungstiere sich in einer Staubschlange beim Tankwagen anstellten. Als E.V. den Wallach durchs Korralgatter führte, brach die Hölle los, ein Bocken und Furzen, dass es eine wahre Pracht war. E.V. johlte wieder los, dann ging er mit einmal in die Hocke und riss den Kopf des Wallachs am Seil mit einem heftigen Ruck bis fast auf den Boden. Was dann kam, ging so schnell, dass ich es kaum mitkriegte. Als würde E.V. gleichzeitig einen Jig tanzen und singen. Im hohen Bogen schlug er dem Pferd sein dickes Seil über die Kruppe bis aufs Sprunggelenk, dann stürmte er vor, bis sich das Seil straffte und dem Wallach die Hinterhand unterm Arsch weghaute. Der Gaul krachte mit einem solchen Rums auf die Rippen, dass mir war, als würde mein ganzer Baum beben. E.V. schrie regelrecht vor Begeisterung, als der Wallach sich hochrappelte und schüttelte, wie wenn ihm der Himmel auf den Kopf gefallen wär. »Habt ihr gesehen?«, johlte E.V. und bog sich. »Hat ihn kalt erwischt!« Dad klopfte sich Staub vom Hosenboden und tat so, als wäre alles reine Routine, aber ich sah noch den Rest kalkweiße Angst in seinem Gesicht. Selbst von ganz da oben sah ich es. Dann machte E.V. was Komisches. Er spazierte direkt vor das Pferd hin, blies ihm sanft in die Nüstern und rieb ihm die Kehle zwischen den tellerrunden Ganaschen. Der Wallach schien einen Augenblick fast einzunicken, blinzelnd ließ er den Kopf eine Spur tiefer hängen. »Jetzt kommt er sich irgendwie blöd vor. Er glaubt, vielleicht hat er sich das selbst eingebrockt, versteht ihr? Der wird sich in Zukunft zweimal überlegen, ob er Bocksprünge durchs Gatter machen soll.« Leise lachelnd fuhr E.V. mit der knotigen Hand über die Pferdeschulter. Dad entdeckte mich immer noch weit da draußen auf meinem Ast und brüllte in diesem Ton, der ein für alle Mal klarstellt, wer das Sagen hat:

»Jetzt aber runter da! Bevor uns der verdammte Gaul wieder durchgeht.«

»Ich brauch ihn da oben, um das Seil festzubinden, Mason. Oder soll ich dir auf die Schultern steigen?« E.V. gackerte wieder los; Dad biss die Zähne zusammen und blitzte mich an. Ich glaube, er war doch tatsächlich neidisch, weil ich mitmachen durfte. Das konnte ich den ganzen weiten Weg bis zum Boden spüren: Wie abgeschnitten er war. E.V. führte das Pferd unter die Platane und warf mir das Seilende hoch. Ich fing den fransigen Stummel auf Anhieb. »Das ziehst du jetzt durch die Schlauchschlinge und machst es mit zwei halben Schlägen richtig schön fest«, rief er mir zu. »Immer sachte, hörst du, wir wollen ja nicht die Pferde scheu machen.« Ich tat, was er sagte, und hatte noch den zweiten Knoten in Arbeit, da sah ich schon, dass der Wallach sich für einen richtigen Tanz bereitmachte. An der Wirbelsäule peitschten die Muskeln wie Wühlnattern, und am gebogenen Hals brachen dunkle Schweißflecke aus. Die Angst stank zum Himmel – wie eine tote Ratte in der Futterkiste. Angst auf beiden Seiten, Tier und Mensch. Ich sah das Pferdeauge hochrollen und mich über sich erblicken. Ich sah alles aus der Pferdeperspektive auf dem Kopf stehen, und da wurde mir plötzlich klar, dass ich den Sturm, den der Wallach entfesseln würde, wenn er versuchte, sich den ganzen verdammten Baum auf den Kopf zu hauen, dort auf meinem knorrigen Ast würde durchstehen müssen. »Halt dich bloß fest, Junge, der Teufel hier fliegt jeden Moment auseinander.« E.V.s Stimme jagte mir kalte Schauer über den Rücken, blitzschnell umklammerte ich den Ast wie ein Affe. Der Wallach warf den Kopf wie ein Löwe und riss einmal gewaltig am Anbinder, aber der Schlauch schnellte zurück wie ein Gummiband, und da war er so weit wie vorher. Der Ast bockte einmal und schnickte mir braune Blattbüschel auf den Kopf. Ich blies den Platanenstaub aus der Nase und sah die Pünktchen im Sonnenlicht zwischen die teuflischen Pferdeohren runterflirren. »Immer schön mitgehen, Junge!«, johlte E.V. »Gut machst du das!« Seine Worte erwischten mich in diesem irren Moment, wo du weißt, dass dir auf der ganzen Welt nichts mehr helfen kann, dich nichts retten kann, du musst da jetzt durch. Dads Gesicht war schneeweiß, aber bis zum heutigen Tag weiß ich nicht, ob aus Angst um mich oder weil die ganze Situation so brutal war. Der Wallach schnaubte und scharrte mit dem Huf: Im Augenblick versuchte er noch, hinter den Gummibandeffekt vom Schlauch zu kommen. Ich hätt schwören können, dass ein tiefes Knurren aufstieg, mehr wie das, was Bullen manchmal von sich geben, wenn sie in die Enge getrieben sind und bis zum Äußersten gereizt. Dann sah ich den Wallach regelrecht entscheiden. Ein selbstmörderischer Beschluss jagte ihm über den Rücken, als er sich lang machte und eine halbe Tonne schiere Muskelkraft gegen das blitzweiße Seil setzte. In einer einzigen langen, langsamen Zeitlupenbewegung zog sich der Schlauch wie Karamell, und aus Schwarz wurde Graublau. Weil er zum Zerreißen gespannt war, begannen kleine Placken Gummi abzuplatzen, und ich sah sie in die Hitze hinausfliegen, als säße ich weit außer Gefahr an einem Fluss und sähe Zuckmücken übers Wasser flitzen. Mein Ast bog sich ächzend, und einen Augenblick lang kippte die ganze Welt seitlich weg. Als es dann passierte, lief alles irgendwie verzögert ab. Mein Herz fand zu einem simplen Walzertakt, der Ast schwang im weiten Bogen zurück, und ich sah den Wallach mit allen vieren abheben und seine schockweißen Augen, als er begriff, dass er tatsächlich flog. Seine flache Blesse krachte voll auf den Stamm der steinharten Platane, und das klang so, als hätte jemand eine Rinderseite auf kaltes Pflaster geworfen. Der Ast bebte nach, während ich mich mit Würgegriff festklammerte und den Blick auf das gefällte Pferd unter mir gerichtet hielt, das keinen Mucks mehr tat und heftig aus beiden Nüstern blutete. Die fette rosa Zunge hing raus wie eine tote Forelle, und die übergeschnappte Stimme meines Dad drang wie von einem fernen Planeten zu mir durch: »Der ist hin! Verdammtnocheins, E.V., du hast den Bastard erledigt!« E.V. hockte schon rittlings über dem Pferdehals und fummelte die Schlinge los. Dann schob er dem Wallach die Augenlider hoch, spuckte auf beide Augäpfel und blies ihm nochmal, diesmal kräftig, in die Ohren. Das Pferd zuckte leicht mit dem Kopf, und E.V. trippelte albern kichernd rückwärts weg und rollte sein Ehrfurcht gebietendes Seil auf. »Von wegen hinüber, der träumt bloß«, gluckste E.V. »Bindst du mir das Seil los, Junge? Wirf es mir runter.« Ich tat, was E.V. sagte, und sah Dad auf sein gefallenes Pferd zuwanken und mit stierem Blick nach einem Lebenszeichen suchen.

»Sieh dir doch dieses Blutbad an! Sieh doch! Das war mal ein Pferd! Das sollte ein Reitpferd werden, und jetzt sieh es dir an. Hundefutter.«

»Der ist in zwei Minuten wieder auf den Beinen.« E.V. lachte dreckig. »Und das eine versprech ich dir: Den kannst du von jetzt an mit einem Schnürsenkel anbinden.«

»Für so was geb ich doch nicht gutes Geld her. Ich habe dich nicht geholt, damit du das dämliche Vieh massakrierst. Das hätt ich gerade noch selber geschafft.« Und damit stapfte mein Dad Richtung Haus und ließ mich dort auf meinem Baum zurück, von dem ich auf E.V.s verschwitzten Hut und das zerschmetterte, röchelnde Pferd runterstarrte. E.V. rollte unbeirrt sein Seil in lockeren Schlingen auf, und was er dann sagte, schien für niemand besonders bestimmt.

»Gaul ist auch nicht anders wie die Menschen. Muss seine Grenzen kennen. Wenn die erst mal klar sind, ist gut mit ihm auskommen.« Als wäre das das Stichwort gewesen, hievte sich das Pferd mit einem mächtigen Satz auf die Beine und schüttelte sich, dass lange Blutsfäden quer über E.V.s Seil flogen. E.V. grinste bloß und hielt das Seil auf Armeslänge von sich weg. »Hätts sowieso waschen müssen.« Er hinkte auf seine komische Art seelenruhig zur Pferdeschulter, packte einen Büschel Mähne und führte den Braunen zurück zum Korral. Der Wallach ging zahm wie eine alte Zuchtstute neben ihm her. An der Wassertonne hielt E.V. an, säuberte dem Pferd die Nüstern, rieb ihm mit kaltem Wasser sanft die Augen und ließ ihn dann im Korral laufen. Er sah ihm eine ganze Zeit lang zu, genauso wie vorher, einen Fuß aufs unterste Stangenholz gepflanzt und das Ende seines Baumwollseils schlenkernd. Alles war still. In Dads Schlafzimmer ging Licht an. Der Wind drehte und rüttelte am Blech der intakten Heuseite der Scheune.

Noch lange, nachdem E.V. gefahren war und das Geräusch seines Chevys sich im herankriechenden Talnebel verlor, blieb ich in meinem Baum. Ich blieb und sah die Nacht herabsinken und die Eulen im Rieseneukalyptus Posten beziehen für das leiseste Huschen im Hof. Ich griff hinunter in die lose Schlinge des Schlauchs, den E.V. dagelassen hatte. Ich packte das schwarze Gummi mit beiden Händen, ließ mich vom glatten Muskel des Asts gleiten und wippte, die Arme lang über dem Kopf, im Nichts, kreiselte träge in der kalten Nachtluft. Die ganze Ranch drehte sich unter mir. Ich legte den Kopf zurück, und mein Mund öffnete sich dem schwarzen Himmel. Es muss der gewaltige Schwall der Milchstraße gewesen sein, dass ich einen schrillen Juchzer losließ, gerade so, als hätte jemand an einer Strippe gezogen, die mir durchs Rückenmark lief. Meine Haut lachte. Ich hörte, wie Dad auf die Fliegengitterveranda rauskam und meinen Namen brüllte, aber ich antwortete nicht. Ich hing da einfach und drehte mich still. Ich wusste mit einmal, wo ich herkam und wie weit ich fortgehen würde.

Coalinga auf halbem Weg

Auf der Höhe der Viehhöfe von Coalinga fährt er ran und würgt den Motor ab. Vor ihm öffnet sich das ganze gähnende San-Joaquin-Tal, aber er ist nicht aufnahmefähig. Es kommt kein Staunen oder Sinn für Vergangenheit auf, nur Verachtung. Die sengende Luft stinkt nach Vieh. Unter seiner trockenen Zunge klopft der Puls, und sein Kopf steht in Flammen. Der gesamte Kopf. Da, da ist der schweigende Münzfernsprecher, gestrandet an seiner Chromstange mit der blassblauen Kunststoffschale als Schutz vor der mörderischen Sonne. Die Modernität widert ihn an, macht ihn noch elender, noch mehr von allem abgeschnitten. Hinter dem Telefon stehen Rinder in armseligen Grüppchen auf hohen schwarzen Haufen ihrer eigener Scheiße zur Schlachtung bereit. Hitze flimmert über den Haufen, sie schwelen unter der heißen Sonne, als sollten sie jeden Moment explodieren und Rinderteile bis auf den Highway schleudern. Hinter dem Vieh ist nichts. Nicht die kleinste Regung, bis ganz hinten in den dunstgrauen Horizont nicht.

»Zeit anzurufen!« Es kommt ihm wie eine Stimme, ein Befehl. Wenn er es jetzt nicht tut, tut er es nie. Ob ihm graut oder nicht, es ist Zeit anzurufen. Er schwenkt sich raus und wirft den Schlag seines Dodge zu. Der Schall trägt nicht. Endet abrupt vor seinen Füßen. Er wühlt nach Kleingeld und knirscht über losen Schotter und Mäuseknochen, plattgedrückte Bierdosen und sonnengebleichte Kondome ans Telefon. All diese Dinge sieht er jetzt gestochen scharf, sieht sie, als legte man sie ihm vor wie Indizienbeweise auf einem Stahltisch. Er sieht auch ihr Gesicht. Die großen Augen. Er hört ihre Stimme, noch bevor er den Quarter fallen lässt – das Entsetzen darin. Er meldet ein R-Gespräch an, müht sich durch verkoppelte Computeransagen, Frauenstimmen verschiedenen Alters, jede bar allen Geschlechts. Er weiß, dass seine Frau daheim sein muss. Er hat es so abgepasst, dass sie da sein wird. Ist sie.

»Wo bist du?«, fragt sie als Erstes. Er hat gewusst, dass es als Erstes kommen würde, und das Grauen schraubt sich noch weiter hoch.

»Coalinga«, sagt er.

»Was machst du denn ganz da unten?«

»Ich fahre nach Süden.«

»Wieso? Was hast du vor?«

»Ich – fahre eben.«

»Fährst? Wann kommst du wieder?«, sagt sie, und er kann hören, dass sie längst Bescheid weiß.

»Gar nicht.«

»Du meinst nie? Du kommst *nie* wieder?«

»Ich glaube nicht.«

»O Gott!« Sie zieht scharf die Luft ein, und er hört den grässlich dumpfen Aufschlag des Schocks in ihrer Brust, den zu schwarzem Nichts zerhackten Atem. Nichts. Ein Laster donnert vorbei und dröhnt fort in die stahlgrauen Hitzeschwaden. Ein Rind stößt ein klagendes Blöken aus. Seine Ohren sind scharf geworden. »Hör mal«, sagt sie plötzlich. »Was hältst du davon, wenn wir uns auf halbem Weg treffen? Wenn du den halben hochfährst und ich den halben runter. Das ist doch ein Angebot, oder? Einfach nur, um zu reden, ja? Machst du das? Kommst du mir auf halbem Weg entgegen?«

»Ich denke nicht«, sagt er, bemüht, seiner Stimme Herr zu bleiben.

»Findest du nicht, dass wir nach fünfzehn Jahren wenigstens das füreinander tun könnten? Uns auf halbem Weg treffen. Ist das zu viel verlangt? Dann können wir wenigstens reden. So können wir nicht reden, am Telefon.«

»Ich bin schon so weit gefahren«, sagt er.

»Ich weiß. Das meine ich doch. Ich verlange ja gar nicht, dass du den ganzen Weg zurückfährst. Ich bin ja bereit, dir auf halbem Weg entgegenzukommen.«

»Wohin denn?«, sagt er. »Hier ist nichts.«

»Weiß ich nicht. Gilroy oder so.«

»Gilroy?«

»Wo immer! Wo, ist mir gleich. Es spielt keine Rolle.«

»Nein, ich kann nicht zurück«, sagt er.

»Warum denn nicht? Nach so langer Zeit? Nach so vielen Jahren? Was ist mit Spence? Willst du ihm sagen, dass du nicht wiederkommst?«

»Nicht gleich.«

»Wann?«, sagt sie.

»Weiß ich nicht.«

»Und was soll *ich* ihm sagen?«

»Sag ihm, ich rufe an.«

»Wann?«

»Weiß ich nicht genau.« Wieder Schweigen. Der hohe, klagende Ruf eines kreisenden Bussards. Ein Jeep braust vorbei. Ein Jeep ohne Fenster und Türen, nur Wind, der am Gesicht des Fahrers, den weit aufgerissenen Augen zerrt. »Bist du noch da?«, sagt er dem Telefon.

»Wo soll ich schon hin?«, sagt sie.

»Weiß ich nicht.«

»Geht es um sie? Geht es darum? Du fährst zu ihr runter?«

»Ja, zu ihr.«

»Und was ist mit *ihrem* Kerl? Hat sie nicht auch jemand?«

»Ja.«

»Und, was ist mit dem? Was wird sie tun?«

»Sie wird es ihm sagen, denk ich.«

»Das hat sie noch nicht?«

»Weiß ich nicht.«

»Du weißt es nicht und fährst trotzdem?«

»Ja.«

»Du weißt, was das für mich bedeutet, oder? Bei meiner Geschichte – dem Vater –«

»Ja, das weiß ich.«

»Dein Vater ja auch.«

»Ja.«

»Hast du daran gedacht?«

»Hab ich.«

»Und Spence –« Ihre Stimme bricht. Er sieht auf seine Stiefel hinunter. Er möchte etwas fühlen. Er steigt mit dem Absatz des einen Stiefels fest auf die Spitze des anderen. Die Sonne sticht in seinem Nacken. »Was soll das groß ändern?« Ihre Stimme ist wieder da, und er kann hören, dass ihr das hier alles abverlangt. »Was soll das schon bringen? Die Frauen zu wechseln. Glaubst du, das löst etwas, ändert etwas?«

»Weiß ich nicht«, sagt er.

»Weil, was immer dich dazu treibt – das in dir auslöst – es ist *in dir*, oder nicht? Die Frauen auszuwechseln wird daran nichts ändern. Wird nichts lösen.«

»Nein. Wahrscheinlich nicht.«

»Es war schließlich auch keine Lösung, als du zu mir gewechselt bist, oder?«

»Nein.«

»Wie oft hast du das schon gemacht, und was hat es gebracht?«

»Weiß ich nicht.«

»Warum tust du es dann wieder?« Er weiß darauf nichts zu antworten. Er hat keine Antwort. Im Wechsel stimmen die Rinder ein erbärmliches Gebrüll an, das bald wieder abreißt. Der Gestank und die Hitze treiben ihm die Tränen in die Augen. Er wischt sich mit dem Ärmel übers Gesicht und glaubt einen Augenblick lang tatsächlich, er weine, glaubt, die Geste gelte einem Kummer. Er sieht sich jetzt von weitem, so als würde er aus großer Höhe hinabschauen, wie der Warte des Bussards: Ein winziger Mann in der unendlichen Weite, der sich an einem schwarzen Stück Plastik festhält. Er hört seinen eigenen Atem nicht mehr, so weit ist er weg. Er hört sein Herz nicht.

»Sag Spence, dass ich ihn anrufe, ja?«, sagt er schließlich.

»Du kannst mir den einen Gefallen nicht tun und mir auf halbem Weg entgegenkommen?«

»Kann ich nicht«, sagt er.

»Rufst du wieder an?«

»Ja, sag ich doch.«

»Wann?«

»Morgen.«

»Du musst mit Spence reden.«

»Das werd ich.«

»*Ich* kann es ihm nicht sagen.«

»Ich rufe an.«

»Ist gut«, sagt sie und legt mit einem leisen Klicken auf. Er wünschte, sie hätte den Hörer auf die Gabel geknallt und irgendwas gebrüllt. Er wünschte, sie hätte etwas gebrüllt, was er noch nie gehört hat. Ein Wort. Er hält sich am Hörer fest und stiert hinaus auf die vielen Hektar gefangener Rinder. Er kann nicht fassen, dass er es durchzieht, nicht fassen, dass es getan ist. Er kann nicht zurück. Er hat jetzt mehr als die Hälfte nach L.A. hinter sich. Er kann nie wieder zurück. Mit einem leisen Klicken hat sich hinter ihm eine Tür geschlossen. Eine Frauenstimme spricht ihn an. Eine Konservenstimme, die ihn auffordert, einzuhängen. Sie wiederholt sich eine Weile und verleiert schließlich zu schrillen Pieptönen. Er lässt den Hörer fallen, lässt ihn baumeln. Die Piepstöne gehen weiter.

Er fährt los und dreht die Klimaanlage hoch. Sein Kopf wird langsam kühler. Seine Augen haben ausgebrannt, und der Viehgestank fällt langsam zurück. Er will im Rückspiegel den baumelnden Telefonhörer im Blick behalten, verliert ihn aber bald wie einen kleinen, zurückgelassenen Teil von sich selbst. Die schrillen Piepstöne gehen ganz oben in seinem Schädel weiter. Er erinnert sich an ein Gespräch, das er vor kaum einem Monat im Kopf mit seiner Frau geführt hat. Damals stand sein Kopf nicht in Flammen. Er erinnert sich, dass das imaginäre Gespräch auf genau diesem Highway stattfand, fast genau auf halbem Weg wie jetzt, nur fuhr er nach Norden. Damals fuhr er zu ihr *zurück*. Sagte ihr, dass er sie nie verlassen werde, sagte es laut, als säße sie direkt neben ihm im Truck. Sagte, er habe eine Entscheidung getroffen. Werde nicht die Fehler seines Vaters wiederholen. Werde seinen Sohn nie im Stich lassen. Er war voller Inbrunst gewesen – berauscht. Er erinnert sich an das Gefühl fester Überzeugung. Den Eindruck von sich als ehrbarem Mann. Damals war ihm gewesen, als gebe ihm der heiße Talwind durchs offene Fenster Kraft. Er hatte es kaum erwarten können, es ihr gleich bei der Ankunft zu sagen, wenn sie die Verandastufen herabflog, um ihn zu begrüßen. Aber er hatte es nicht getan. Irgendetwas war geschehen. Irgendetwas hatte sich verschoben. Ohne dass er es überhaupt mitbekam.

Die Nacht bricht schnell durch den Tejon-Pass, und jetzt weiß er, dass er sich viel weiter als auf den halben Weg gewagt hat. Jetzt weiß er, dass er tief im Muskel einer Unternehmung steckt, die er sich immer nur vorgestellt hat. Jetzt nimmt ein verängstigter Junge den Platz des Mannes ein, stößt ihn beiseite, packt das Lenkrad, hockt sich im Dunkeln vor und reitet die bockenden Berge hinab in die wilden Lichter von L.A.

An der Kreuzung von Highland und Sunset geiern ihn riesige Reklametafeln mit schimmernden Filmstargesichtern an. Stars in Aktion, auf der Flucht vor Explosionen, durch weiße Leere stürzend, sich schlagend, schießend, durch Fensterscheiben fliegend. Andere erstarrt in schweißglänzenden Umklammerungen, mit aufgerissenen Mündern, gebogenen Hälsen, von Orgasmen in ekstatische Höhen getragen, die für den Normalsterblichen unerreichbar sind. Stretchlimos mit getönten Scheiben, vor subharmonischen Bässen wummernd, geistern mit geheimer Fracht durch die Straßen. Pulks hysterisch kreischender, toupierter, tätowierter, an jeder erdenklichen Stelle gepiercter Mädchen stürmen auf turmhohen Plateausohlen stolpernd einen in pulsend lila Neon gerahmten Nachtclub, nur um Schlange zu stehen und sich von glatzköpfigen Rausschmeißern filzen zu lassen.

Er steigt ohne Gepäck, ohne Zahnbürste, ohne Wäsche zum Wechseln im Tropicana ab. Der Typ an der Rezeption hat Junkieaugen. Augen denen scheißegal ist, wer oder was vor ihm steht. In seinem Zimmer ist nichts als ein Bett und ein Telefon. Es riecht nach schlechter Chinaküche. Er reißt die grünen Synthetikgardinen auf und starrt in die tanzenden Lichtreflexe des Swimmingpools. Am tiefen Ende blinkt das Hotellogo, eine rote Neonpalme. Oben auf der Wasserrutsche hockt ein Dicker im schwarzen Speedo und beglotzt seine Zehen. Er wackelt mit ihnen, als suche er nach einem Lebenszeichen. Auf der gegenüberliegenden Seite des Pools geht ein Fernseher an. Gardinen werden zugezogen.

Er wendet sich ins Zimmer zurück und schnickt das Licht an. Er geht zum Telefon. Er kennt die Nummer auswendig. Diese Nummer hat er im Laufe der letzten zwei Jahre tausendmal aus jeder erdenklichen dunklen Ecke gewählt. Er hat in jeder denkbaren Gemütsverfassung Telefonhörer umklammert und auf die Stimme am anderen Ende gewartet. Die Stimme, ohne die er, davon ist er inzwischen überzeugt, nicht mehr leben kann. Die Stimme, für die er alles aufgegeben hat.

»Hallo«, sagt die Stimme, und er kann kaum fassen, wie einfach es ist.

»Ich bins«, sagt er. Sie lacht, und ihn durchschießt weiße

Aufregung, als falle er von einem hohen Baumseil in eisiges Wasser.

»Wo steckst du?«, fragt sie glucksend.

»Hier. Ganz in der Nähe.«

»In der Stadt?«

»Ja. Im Tropicana.«

»Im Tropicana!«, kreischt sie. »Was machst du da?«

»Ich habs getan.«

»Bitte?«, sagt sie und lacht nicht mehr.

»Ich habs getan.«

»Doch nicht – Schluss gemacht?«

»Doch.«

»Du hast es deiner Frau gesagt?«

»Ja, hab ich. Ich habe es ihr gesagt.« Sie lacht, aber diesmal anders. Wachsam.

»Dann –«, sagt sie. »Dann weiß sie alles?«

»Ja. Sie weiß Bescheid.«

»Was hast du ihr gesagt?«

»Ich habe gesagt, dass ich sie verlasse.«

»Und wann war das?«

»Heute«, sagt er. »Heute erst. Ich bin direkt hergefahren.«

»Das ist ja verrückt!«, sagt sie und lacht wieder, aber diesmal klingt es fast gar nicht nach Lachen. Es klingt besorgt.

»Kannst du herkommen?«, sagt er. »Ich muss dich sehen.«

»Wie? Du meinst jetzt? Jetzt gleich?«

»Ja. Komm doch. Zimmer 17.«

»Aber das geht jetzt nicht. Es gibt – ich kann nicht.«

»Warum nicht?«, sagt er.

»Na ja, eigentlich bin ich gerade auf dem Absprung.«

»Wo willst du hin?«

»Indiana. David ist versetzt worden.«

»David?«, sagt er.

»Ja. Ist ganz neu. Er wartet auf mich.«

»Wartet wo auf dich?«

»In Indiana. Sag ich doch.«

»Du fliegst nach Indiana zu David?«

»Ja, ich wollte gerade zur Tür raus, als es geklingelt hat.« Er hört den Dicken draußen in den Pool klatschen. Dann nichts. Eine ferne Sirene. »Hallo«, sagt sie. »Bist du noch da?«

»Wo soll ich schon hin?«, sagt er.

Stück Berliner Mauer

Mein Dad weiß rein gar nichts über die Achtzigerjahre. Ich soll ihn für Sozialkunde in der Siebten interviewen, und er weiß gar nichts. Er sagt, er kann sich nicht erinnern, was für Autos oder Frisuren, was für Klamotten oder Musik oder so. Er sagt, die Konjunktur ging ziemlich den Bach runter, und das wären die Republikaner gewesen, aber sonst drängt sich da für ihn eigentlich nichts auf. Er sagt, das Entscheidende an den Achtzigerjahren war, dass er meine Mutter kennen gelernt hat und dass ich und meine Schwester auf die Welt gekommen sind. Die beiden Sachen. Das wars. Als ich ihm erkläre, es geht aber nicht um so persönliches Zeug, meint er: Was denn sonst? Ich sage, ich brauche so Zeug über Stil und letzter Schrei und was damals im Land los war, und er findet, das hat alles nichts mit der Realität zu tun, die Realität ist eine »innere Angelegenheit« und alles andere einfach nur oberflächlich und Lüge – wie die Nachrichten. Er sagt, die Nachrichten, das sind lauter Lügen und nur deshalb so gefragt, weil sie sich als Wahrheit ausgeben und die Leute das glauben, sie glauben eben lieber Lügen. Die Wahrheit wäre ihnen zu happig. Sagt er. Ich sage, es geht schließlich nur um eine stinknormale Hausarbeit zu den Achtzigerjahren, nicht um »Realität« oder »Nachrichten«, aber er meint, die Frage der Realität kann man nicht ausklammern, weil die Frage der Realität allen anderen Fragen wie Frisuren und

Autos und Musik und all dem übergeordnet ist. Dann sagt er, er kann sich nicht erinnern, die Achtziger mitgekriegt zu haben, und vielleicht hat er damals nicht wirklich gelebt, aber andererseits muss er das doch, sagt er, weil er sich erinnert, meine Mutter kennen gelernt zu haben, und dass ich und meine Schwester damals beide geboren wurden. Das sagt er schon zum zweiten Mal. Mein Dad hat sie nicht mehr alle. Wirklich wahr. Ich habe das lange nicht kapiert, aber es ist so. Meine Schwester weiß über die Achtzigerjahre mehr als der, und die ist nur ein Jahr und ein bisschen älter als ich. Sie ist in der Neunten. Sie weiß alles Mögliche – frag mich, wieso, – zum Beispiel, dass sie damals die Hosen so komisch getragen haben, unten enger und dann ungelogen einmal ums Bein rumgeklappt und in so Stiefel mit Reißverschluss gestopft, und die Mädchen haben zerlöcherte Netzstrümpfe und so billige weiße Baumwollhandschuhe getragen, damit sie aussehen wie Madonna, die offenbar die Größte war, was die Musik damals angeht, oder Michael Jackson, der gerade erst anfing, seine schwarze Haut zu bleichen, oder Bob Seeger, von dem ich dachte, den kennen alle nur wegen dieser bescheuerten »Like a Rock«-Reklame für Chevy. Und dann weiß sie auch noch dieses ganze politische Zeug wie, dass Russland nicht mehr Russland war, und das mit dem Fall der Berliner Mauer, und ich frage sie, woher sie so was alles weiß, und sie sagt, weil sie da war. »Ja klar«, sage ich, und sie sagt: »Doch, kann ich beweisen«, und rennt rauf in ihr Zimmer und kommt mit so einem angemalten Brocken Zement wieder, ungefähr so groß wie ein Cheeseburger, und den packt sie genau vor mich und Dad auf die Küchenarbeitsplatte. »Was ist das denn?«, frage ich, und sie sagt: »Das ist ein Stück Berliner Mauer.«

»Tatsächlich!«, sagt mein Dad und kriegt sich gar nicht mehr ein. »Ist es wahrhaftig! Das ist ja unglaublich!« Er nimmt das Ding hoch und dreht es und wiegt es in der Hand, als käme es von einem anderen Stern oder so. »Wann warst du denn an der Berliner Mauer, Schatz?« Meine Schwester guckt ihn fassungslos an.

»Weißt du das denn nicht mehr?«, sagt meine Schwester. »Ich bin mit Mom und Aunt Amy gefahren.«

»Ich kann mich gar nicht erinnern«, sagt mein Dad. »Wie alt warst du denn?« Der weiß einfach gar nichts mehr. Als würde er den Verstand verlieren. Wie kann er sich an so was nicht erinnern? Dass die eigene Tochter an der Berliner Mauer war. Eigentlich ist er nicht alt genug, den Verstand zu verlieren, tut er aber.

»Und wo war ich?«, sagt mein Dad.

»Du bist wohl dageblieben«, sagt meine Schwester.

»Bin ich wohl«, sagt er.

Ich frage meine Schwester, wie sie zu dem Stück Berliner Mauer kommt, und sie sagt, sie wären genau zu der Zeit durch Berlin gefahren, als sie die Mauer abgerissen haben, und die Bauarbeiter hätten sie einfach stückweise verteilt, sie einfach so zu den Wagenfenstern reingereicht. Sie sagt, das wäre wie eine Party gewesen. Sie war damals drei, und da fuchteln diese riesigen, behaarten Männerhände zu den Fenstern herein und halten ihnen so Steine und Zementbrocken hin, als wären es Kuchenstücke, und sie hat überhaupt nicht gewusst, was los ist. Ich starre auf den Brocken Zement auf der Arbeitsplatte. Die eine Seite ist glatt und gerade und poppig bemalt so in Türkis und Lila, und mittendurch geht ein mickriger gelber Strich – sieht aus wie aufgesprüht, vielleicht Graffiti. Die andere Seite ist bröckelig und rau, und du kannst zum Teil sehen, woraus der Zement zusammengemischt ist: Kleine glatte Steine, die aussehen, als kämen sie tief aus dem Wald, und scharfer Split, alles zusammen mit so einem kreideartigen Zement, der überhaupt nicht amerikanisch aussieht, und dann noch so kleine, glitzrige Sprenkel. Wenn man mit dem Finger am Rand entlangfährt, klingt es mehr wie Glas als Stein. Meine Schwester will mich das Stück Berliner Mauer in die Schule mitnehmen und in der Klasse herumzeigen lassen, was ziemlich großzügig ist, wenn du mich fragst, jedenfalls für ihre Verhältnisse. Und dann nimmt mein Dad diesen schweren Brocken Berliner Mauer und lässt ihn in einen Gefrierbeutel plumpsen, und als ich ihn frage, warum er das tut, sagt er, damit er nicht verloren geht. Er sagt, das Ding darf auf keinen Fall verloren gehen oder gestohlen werden, weil es ein lebendiges Stück Zeitgeschichte ist. Was will der eigentlich? Da weiß er nicht mal, ob er damals gelebt hat, und nennt diesen Zementklumpen lebendig. Das ergibt doch alles keinen Sinn. Dann holt er eine dicke Rolle silbernes Isolierband aus der Schublade und reißt ein Stück mit den Zähnen ab. Das klebt er auf den Beutel, nimmt einen schwarzen Filzer und schreibt STÜCK BERLINER MAUER drauf, als wärs ein Schild fürs Museum oder so. »So«, sagt er. »So müsste es gehen.« Der spinnt doch.

Meine Schwester macht dabei die ganze Zeit Hausaufgaben, aber ihr fällt immer wieder was zu den Achtzigerjahren ein, und das wirft sie mir nebenbei hin, als könnte sich bei ihr im Kopf was aufspalten und zwei Dinge gleichzeitig tun. Sie ist ein Genie, wenn du mich fragst. »Und irgendein Vulkan im Westen, in Washington, ist ausgebrochen«, sagt sie. »Der ist hochgegangen, und dann das ganze Jahr lang in Abständen immer wieder. Das war doch in den Achtzigerjahren, nicht, Dad?« Warum sie ihn fragt, weiß ich wirklich nicht. Woher soll er das wissen?

»Weiß ich nicht«, sagt mein Dad und wischt mit einem nassen Schwamm schwarze Ameisen von der Arbeitsplatte auf den Boden und lässt sie wegkrabbeln.

»Warum trittst du sie nicht tot?«, frage ich meinen Dad.

»Ich mag Ameisen«, sagt er. »Sie erinnern mich an Sommer und Orte, wo es heiß ist. Wir hatten immer Ameisen, als ich klein war.« Das sagt er, als würde er von Hunden oder Meerschweinchen reden.

»Und sie haben Aids entdeckt!«, platzt meine Schwester heraus. »Damals haben sie das Aids-Virus überhaupt erst identifiziert, in den Achtzigern.« Sie ist jetzt richtig in Fahrt. Ich weiß nicht, was in ihrem Hirn vorgeht. Ist mir ein Rätsel; als könnte sie Sachen hin- und herscrollen wie an einem grün flackernden Bildschirm. Aids? Wo nimmt sie das plötzlich her? »Und Marvin Gaye wurde von seinem Vater erschossen, nicht?«, sagt sie. Plötzlich steht mein Dad stocksteif mitten in der Küche, als hätte er ein Brett an den Hinterkopf gekriegt oder so.

»Stimmt«, sagt mein Dad. »Ich erinnere mich.«

»Du erinnerst dich?«, sage ich und sehe ihn dabei voll an, wie er mit hängenden Armen dasteht und das Wasser aus dem Schwamm in seiner Hand auf den Fußboden tropft, und er starrt ein Loch in die Küche, ohne mich oder meine Schwester oder überhaupt was zu sehen, oder wenn, dann eher das Bild von Marvin Gaye, das er in seiner Erinnerung festhält, mit zerschossenem Kopf und blutüberströmt aus einer der Nachrichtensendungen, die er so hasst.

»Ich erinnere mich sehr genau«, sagt er. »Ich war in Kalifornien. 1984, Sommer oder Frühjahr 1984, und es war brüllheiß. Marvin Gaye wurde von seinem Vater umgebracht, und sein Vater war Reverend, oder? Ich glaube, ja. Ein Geistlicher, und jagt seinem Sohn eine Kugel in den Kopf wegen – wegen irgendeiner Frauengeschichte, mein ich. Irgendwas mit einer Frau, oder?« Er dreht sich nach meiner Schwester um, die nicht merkt, dass er sie meint, und weiterarbeitet, Nase im Buch, ganz in ihre Hausaufgaben vertieft. »Ging es nicht um eine Frau?«, sagt er nochmal zu ihr. Sie sieht hoch, aber es ist klar, dass sie eigentlich über eine ihrer Matheaufgaben nachdenkt.

»Weiß ich nicht, Dad«, sagt sie und schaut wieder in ihr Buch. Einen Augenblick sieht er mich so irgendwie fragend an. Ich weiß keine Antwort. Wie soll ich darauf eine Antwort wissen? Ich war doch noch gar nicht geboren, als es passiert ist. Jetzt starrt er wieder zu den dunklen Fenstern am anderen Ende der Küche hinüber.

»Komisch, dass ich mich gerade daran erinnere«, sagt er, und dann wirft er den Schwamm in die Spüle und geht raus auf die Veranda und bleibt dort lange stehen und stiert auf den Rasen und den Ahornbaum. Unten am Teich, wo der Hügel endet, quaken die Wasserpfeifer. Ich nehme den Gefrierbeutel mit dem Stück Berliner Mauer hoch und halte ihn ans Licht. Es ist bloß ein Brocken Zement.

»Verlier den bloß nicht«, sagt meine Schwester ohne hochzusehen.

»Verlieren, wie denn?«, sage ich. »Ist doch registriert.«

Das blinkende Auge

Sie ist die jüngste Tochter der Frau, deren Asche in einer dunkelgrünen Keramikurne auf dem Beifahrersitz ruht. Es ist ein gutes Gefühl, die Jüngste zu sein und ganz allein dafür verantwortlich, die sterblichen Überreste der Mutter rechtzeitig zur Familientrauerfeier in Green Bay quer über den Kontinent zu fahren. Sie ist froh, die Mutter endlich mal für sich zu haben, und sie spricht, während sie durch Utah braust, genau so mit der großen, grünen Urne, wie sie geredet hat, als die Mutter noch lebte. Sie spricht laut, und ihre leuchtenden Augen schweifen dabei über die endlos weiße Weite, ein Meer aus Salz.

»Was soll ich sagen, Mom – ich dachte, der Scheck wäre für mich. Ehrlich. Sonst hätte ich ihn doch nie im Leben eingelöst. Und jetzt ist Sally ganz stinkig – außer sich, als hätte ich ihr was gestohlen, hinter ihrem Rücken ein schreckliches Verbrechen begangen. Sie kann so gemein sein. Du kennst das von ihr nicht, aber es stimmt. Dir gegenüber benimmt sie sich nicht so, aber bei mir ist das eine vollkommen andere Geschichte. Weißt du, ich dachte, du wolltest, dass ich den Scheck einlöse. So habe ich dich verstanden. Ich dachte, du willst, dass ich ihn nehme, wenn erst alles vorbei ist. Nicht, weil du mir was schuldest oder so. So hab ich das nie empfunden. Ich dachte bloß, der Scheck wäre für mich. Er lag doch da dick und fett auf deinem Tisch, Barscheck, also habe ich ihn genommen. Und jetzt sagt Sally, ich hätte mit ihr halbehalbe machen müssen. Mein Gott, es waren doch bloß hundert Dollar, und sie tut so – na ja, ist ja egal. Nicht, dass du denkst – nur manchmal finde ich sie einfach unglaublich. Als wär ich der Erzfeind oder so. Jetzt wird sie natürlich auch bei der Trauerfeier sein, und dann geht das Ganze wieder von vorne los. Das ganze Theater mit ihr. Sie kann es einfach nicht lassen. Weißt du, meinetwegen kann sie das verdammte Geld haben, alles, wenn ihr so viel daran liegt. Ich würds ihr ja geben. Mir sind die hundert Dollar scheißegal. Ehrlich. Nur habe ich mit dem Geld das Auto angezahlt, und das ist das Problem – sie denkt, ich hätte nicht weitergewusst und einfach den Scheck eingelöst, ohne das mit ihr abzusprechen. Das ist es, was ihr stinkt. Dass ich das nicht mit ihr abgesprochen habe. Sie denkt –«

In dem Moment sieht sie weiter vorn irgendwas auf dem langen leeren Band der Straße, ein Flattern dicht über der durchbrochenen weißen Mittellinie. Ihr Verstand versucht, Form und Bewegung mit bereits Bekanntem abzugleichen: der hochgewehten Ecke eines platt gefahrenen Kartons, einem Kleidungsstück, dem Fetzen eines zerplatzen Lkw-Reifens. Sie geht vom Gas und kappt jede Verbindung zur toten Mutter und zur stinkigen lebenden Schwester. Sie ist jetzt in ihrem Körper. Sie meint, es könnten Federn sein, ein Flügel mit roter Spitze, der sich spreizt und wieder auf den rauen Asphalt klatscht. Ein Riesenvogel! Gleich kommt er unter die Räder, sie steigt voll auf die Bremse, schlingert rechts raus auf die Bankette. Sieht ein stechendes gelbes Auge vorbeiblitzen. Ein angststarres Auge mitten im Matsch aus Blut und Federn auf dem Asphalt, einen gewaltigen, wild schlagenden Flügel. »Mein Gott, ein Greifvogel!«, sagt sie laut. »So ein stolzer Vogel! O Gott, o Gott, was mach ich bloß?« Sie springt aus dem Wagen, wirft die Tür zu und stürzt durch den aufgewirbelten weißen Staub des Seitenstreifens zum verletzten Vogel hin. Dort bleibt sie wie angewurzelt stehen, mit offenem Mund, die Hände ans Gesicht geschlagen, wie sie es vom vielen Fernsehen tagsüber kennt. Der Staub macht sie husten, und sie jammert: »O Gott! O Gott! O Gott!«, als wäre es ein Mantra, das sie vielleicht aus dieser Lage befreit. Schreiend wütet der gewaltige Rotschwanzbussard in seinem Todeskampf mitten auf der Straße. Sie blickt wild nach links und nach rechts den Highway hinab, aber es ist weit und breit kein Wagen zu sehen. Die vom Asphalt abgestrahlte Hitze verschmort ihr die Kreppsohlen der Tennisschuhe, sie hüpft von einem Bein aufs andere. Die Hände immer noch am Gesicht, schiebt sie sich näher an den Vogel heran, mit winzigen Babyschritten, so als könnte sie sonst in ein tiefes Loch fallen. Sie versucht, mit dem Bussard zu sprechen, wie sie es früher bei Welpen und Zierschildkröten getan hat. »Jaja, Armer, Armer. Ist ja gut. Es wird alles gut. Jaja, ich weiß, es ist schlimm.« Der Bussard hält eine Weile still, seine Halsfedern glätten sich, als fände er die Stimme wohltuend, als hörte er tatsächlich zu. Seine aufgerissene Brust pocht. Das gelbe Auge blinkt mechanisch. Der Kopf windet sich nach hinten, und dann gerät der ganze Vogel wieder in Aufruhr, wildes Flügelschlagen und Schreien, Blut schießt in Schlingen über den leeren Himmel.

Sie rennt zum Wagen zurück und reißt ihr Sweatshirt vom Rücksitz. Es ist ihr Leichtathletik-Sweatshirt von der Highschool mit den blauen Lettern »MUSTANGS« vorne drauf und dem Wildpferd, das mit flatternder Mähne und gesteiftem Schweif durch imaginären Präriewind jagt. Wieder sucht sie links und rechts den Highway ab, aber da ist nichts, nichts als das unheimliche metallene Flimmern über der Salzwüste, eine einsame, nach Süden entschwebende Möwe. Sie nähert sich dem Bussard mit vorgehaltenem Sweatshirt wie ein Matador, der vorsichtig den Kampfwillen eines Jungstiers prüft. Sie weiß nicht, wie sie es anstellen soll, erst ihr Sweatshirt über den sterbenden Vogel werfen oder sich auf ihn stürzen und ihn blitzschnell einwickeln.

Sie hat keine Erfahrung mit Raubvögeln. Wieder fängt sie mit ihrem »O Gott!« an, aber diesmal besinnt sie sich, weil sie hört, wie armselig und hoffnungslos das in der endlosen Weite klingt. Sie versucht es nochmal mit der Welpenstimme, lässt aber auch das bleiben und entscheidet sich für Stille. Die Stille ängstigt sie bis ins Mark, ängstigt sie mehr als der kreischende Bussard und das Klagen des Winds in der baumlosen Ödnis. Sie pirscht sich heran und sieht, dass der ganze Vogel an der linken Seite übel zugerichtet ist. »Es muss ihn jemand erwischt haben, als er aus dem Graben aufflog«, denkt sie. »Warum hat denn keiner angehalten? Man sollte doch meinen, dass jeder anhält, wenn er so einen Vogel anfährt. So einen unglaublichen Vogel. Das ist schließlich keine Krähe oder Spatz oder so. Das ist ein Greif! Sieh dir das an! Er ist riesig! Er ist unglaublich! Sieh dir das Auge an!« Noch nie ist sie einem Raubvogel so nah gewesen. »Ich fass es nicht«, flüstert sie. »Du bist so schön. So was Schönes hab ich mein Lebtag noch nicht gesehen. Du bist ein wunderschöner Vogel. Nein, lass das! Lass das! Bitte lass das doch!«, sagt sie, als der Bussard wieder durchdreht und wild mit dem einen guten Flügel losdrischt. Schnell springt sie hin und will mit dem Ärmel des Sweatshirts den gewaltigen Flügel packen, aber der Bussard wirft Schnabel und Fänge vor und faucht ganz fürchterlich. Sie weicht zurück und verspürt plötzlich den Drang, auf die Knie zu sinken und zusammenzubrechen. Sie möchte so gern zusammenbrechen. Sie möchte ganz und gar in sich zusammensinken und das alles weg haben. Mitten auf dem leeren Highway hopst sie in engen Kreisen um die eigene Achse und schlägt sich dabei mit dem Sweatshirt auf die Schenkel. »O Gott! O Gott! O Gott!«, ruft sie. Nichts antwortet. Sie hält still. Der Bussard hält ebenfalls still und starrt sie einfach aus seinem blinkenden gelben Auge an, in dem kalt wie Stein die schwarze Pupille sitzt. Der Schnabel steht sperrangelweit offen, giert nach Luft. Sie sieht den rosa Stopfen der Zunge. Sie hört sie im Rachen klicken. »Lass mich dich einfach hochnehmen, ja?«, fleht sie leise. »Lass mich dich einfach einwickeln und wegbringen. Ich finde schon jemand, der dir hilft. Jemand, der dich heilmacht. Ja?« Der Vogel blinkt nur. Er wirft den Kopf heftig, verständnislos hin und her. »Ich tu dir nicht weh, ehrlich. Ich versprechs dir. Ich will dich nur retten, sonst nichts. Willst du denn nicht gerettet werden?« Der Vogel gibt jetzt andere Laute von sich, heisere, keckernde Laute, dann lässt er den Kopf auf den verletzten Flügel zurücksinken. Sein Bein zuckt, und der gute Flügel breitet sich über die weiße Mittellinie wie ein japanischer Fächer. »O nein, nicht sterben!«, sagt sie ihm. »Bitte nicht sterben. Das ertrage ich nicht. Du darfst nicht sterben!« Sie wirft sich auf den Vogel und hält ihn mit dem Sweatshirt nieder. Sie staunt, wie einfach es ist. Der Bussard wehrt sich kaum. Er rollt den Kopf vor und reckt mit gesträubtem Gefieder seinen weit aufgerissenen Schnabel ihrem Kinn entgegen. Sie hört wieder das Fauchen. Sie wirft ihn herum, kreuzt die Ärmel des Sweatshirts und bindet sie ihm dann vorn fest um die Brust. Ihre Hände und Arme sind über und über mit Blut beschmiert. Es riecht wild. Wilder als Menschenblut: nach Rost und Metall. Den Bussard gegen den Leib gepresst, läuft sie zum Wagen. Ein Lkw erscheint aus dem Nichts, aber sie kann den Vogel nicht fallen lassen und winken. Sie wankt einmal um die eigene Achse, beschwört den Richtung Winnemucca donnernden Laster mit flehendem Blick. Sie sieht den Fahrer ganz deutlich. Er blickt aus seiner hohen Kabine direkt auf sie runter. Er sieht ein schreiendes Mädchen, das ein blutiges Sweatshirt an sich drückt. Sie sieht einen blonden Bart, blaue Augen und eine schwarze, tief über die Ohren herabgezogene Skimütze. »Halt! Halt!«, brüllt sie. »Bitte anhalten!«, und einen kurzen Augenblick sieht es so aus, als würde er es tun. Der Lkw verliert rüttelnd Fahrt und zieht an den Rand rüber. Die pneumatischen Bremsen fauchen und qualmen. Ein Paar Hinterräder blockiert kreischend.

Sie riecht verbranntes Gummi. Dann, ehe sie überhaupt Erleichterung empfinden kann, beschleunigt der Lkw wieder und rumpelt auf die Fahrbahn zurück. »Hey!«, brüllt sie, aber er schaltet schon hoch, und weg ist er, ein langer weißer Staubschweif, der im grellen Licht blau und golden glitzert. Der Bussard versetzt ihr mit dem gesunden Bein einen Tritt in den Bauch. Sie schafft ihn zum Auto und bettet ihn auf den Rücksitz, überprüft nochmal den Knoten auf der Vogelbrust und beschwört das Tier, durchzuhalten, nicht zu sterben, sie findet schon Hilfe und es wird alles gut. Irgendwie wird ein Wunder geschehen.

Sie fährt weiter Richtung Salt Lake, spricht mit dem Bussard so wie früher mit ihrem kleinen Bruder, wenn er wieder in der Patsche saß, wenn er etwas angestellt hatte, von dem ihr Vater nichts wissen durfte. Das Bussardauge blinkt unentwegt. Sie verstellt den Rückspiegel so, dass sie das gelbe Auge sehen kann. Gedankenverloren greift sie neben sich und fährt mit den Fingern zärtlich über die kalte, grüne Keramikurne. Ihr Körper beruhigt sich, und die Vorstellung, dass sie allein für die Verletzten und Toten verantwortlich ist, schenkt ihr einen eigenartigen Frieden. Sie ist jetzt zuversichtlich, dass sie die Sache durchstehen kann, egal wie sie ausgeht. Sie drückt am Radio einen Oldies-Sender rein: Clyde McPhatter schmachtet im hohen Falsett »A Lover's Question«. Die Stimme durchrieselt sie und scheint auf den Bussard ähnlich heilsam zu wirken. Sie staunt, wie still er hält. Sie hat keine Ahnung, wo sie Hilfe für einen verletzten Raubvogel finden soll, aber irgendwie macht sie sich keine Sorgen. Die Panik ist verflogen. Ab und zu zieht sie sich am Lenkrad vor und vergewissert sich mit einem Blick in den Rückspiegel, dass das blinkende Auge nicht erloschen ist. Sie denkt jetzt wieder an ihre Schwester Sally und die hundert Dollar. Es beschleicht sie einfach wieder – wie eine schlechte Angewohnheit. Sie denkt an Wisconsin und die vielen Verwandten, die auf die Asche ihrer Mutter warten. Gesichter steigen vor ihr auf: Tanten und Onkel, Kusinen und Vettern, die sie aus den Augen verloren hat, Kinder, bei denen ihr die genauen Verwandtschaftsverhältnisse unklar sind. Sie verliert sich in Vorstellungen von der Trauerfeier: Weinende Gesichter, Bibelverse, jemand, der singt.

Plötzlich wird der Bussard zum rasenden, kreischenden Banshee und sprengt seine Sweatshirtfessel. Sie wirft den Kopf herum und sieht ihn an der Heckscheibe hängen, Flügel ganz ausgebreitet, steinern wie ein dämonisches gotisches Fabelwesen. Der Wagen schlingert über die Bankette und pflügt durch den Graben, die dunkelgrüne Urne wird zu Boden geschleudert. Asche brandet über Armaturenbrett und Windschutzscheibe. Nebel legt sich über die Sitzpolster. Sie atmet ihn, während sie mit dem ausbrechenden Lenkrad kämpft. Die Mutter ist in ihre Lungen gedrungen. Der Bussard taumelt vor, schlägt gespreizte Zehen und schwarze Krallen ins Leere, verfängt sich in ihrem langen roten Haar. Sie jault in der gleichen Tonhöhe wie Clyde McPhatter. Der Wagen wird an einer Sanddüne zum Stillstand gestaucht, der Motor läuft weiter. »A Lover's Question« spielt weiter. Sie lässt sich rücklings mit dem immer noch in ihrem Haar verfangenen Bussard aus dem Wagen fallen. Sie bearbeitet seinen blutigen Körper mit kleinen weißen Fäusten, wälzt sich im Sand, als müsse sie plötzliches Feuer löschen. Der Bussard reißt sich los und rauscht davon, als hätte es nie eine Verletzung gegeben, kräftig mit beiden Flügeln schlagend, kurz im Gleitflug sinkend, um dann wieder rudernd Höhe zu gewinnen. Vom Sand aus sieht sie ihn emporsteilen. Das Radio läuft weiter. Der Motor brummt weiter. Wind klagt in der leeren Weite. Lange, lange bleibt sie dort auf dem Bauch liegen, bis sie wieder zu Atem gekommen ist. Ihr Gesicht ist mit einer Schicht Asche bedeckt. Sie spürt sie auf den Lippen, als sie sie mit der Zunge befeuchtet. Ihre Mutter schmeckt salzig.

Drei Tage noch braucht sie für die Fahrt nach Green Bay,

und bis dahin ist der Bussard vollkommen aus ihren Gedanken verschwunden. Die Straßen sind mit grünen und goldenen Bannern geschmückt. Schneewehen voll Schlamm und Dieseldreck, Dairy Queens, Präparationswerkstätten, Cheese Factories, Sonderangebote bei Packers. Die Adresse ihrer Aunt Dottie muss sie suchen. An manche Straßen erinnert sie sich aus der Zeit, als sie noch ganz klein war. Sie erinnert sich, wie ihre Mutter sie und ihre Schwester in einem roten Handkarren durch die Gegend zog, mit Gitterstäben, damit sie nicht herausfielen. An ihren Vater erinnert sie sich kaum. Sie fährt mit den Fingern über den seidigen Hals der dunkelgrünen Urne, es wird das letzte Mal sein, dass sie ihre Mutter ganz für sich hat. Sie überprüft den Sitz des Deckels. Den Großteil der Asche hat sie einsammeln können, hat sie in ihren Tennisschuh geschabt und behutsam wieder eingefüllt, aber an den Gummifußmatten und am Armaturenbrett haften noch winzige Ascheflocken, und einige sind sicher für immer ins weite weiße Ödland Utahs hinausgeweht. »Merkt doch keiner«, denkt sie. »Merkt kein Mensch, dass nicht alles von ihr da drin ist.« Sie findet das Haus der Tante und biegt in die enge Einfahrt, stellt fest, dass alles viel kleiner aussieht als in ihrer Erinnerung. Unversehens fängt ihr Herz an zu rasen, als hätte sie Grund, sich schuldig zu fühlen. Ihre Schwester Sally steht schon vor der Veranda, als hätte sie jeden Moment mit ihr gerechnet. Sonst niemand, nur Sally. Sie stellt den Motor ab und packt die dunkelgrüne Urne mit beiden Händen um den schlanken Hals, betet, dass sie sie nicht fallen lässt. Sally macht ihr die Fahrertür auf und nimmt ihr die Urne ab, spürt das unerwartete Gewicht der Mutter zwischen ihnen. Die Schwestern lächeln sich an, dann sagt Sally: »Und, hast du die hundert Dollar für mich?«

Bettys Katzen

Also, Betty, wie wollen wir das jetzt angehen?

Wieso, wo liegt das Problem?

Die Katzen, Betty.

Ich habe mit den Katzen kein Problem.

Wir haben ein Problem, Betty. Sie werden dir nämlich wieder den Wohnwagen wegnehmen, wenn du nichts unternimmst.

Den Wohnwagen können sie mir nicht nehmen.

Es wäre schließlich nicht das erste Mal.

Nun, ein zweites Mal wird es nicht geben.

Betty – sie haben dich abgemahnt. Wenn du die Katzen nicht wegschaffst, werden sie dir wieder den Wohnwagen abnehmen. Ganz einfach. Also, ich möchte das nicht noch einmal erleben. Wo sollst du denn dann hin, Betty?

Ich finde schon was.

Ich würde dir gern helfen, Betty, aber dazu brauche ich schon deine Unterstützung.

Du brauchst mir nicht zu helfen.

Ich *möchte* aber helfen.

Das ist nicht mein Hauptproblem. Soll ich dir sagen, was mein Hauptproblem ist?

Was ist das Hauptproblem, Betty?

Das Gesundheitsamt. Das Gesundheitsamt ist mein Hauptproblem.

Die tun nur ihre Pflicht. Die kriegen Beschwerden, weil es so riecht. Sie müssen kommen.

Sie müssen überhaupt nicht.

Es ist ihr Job. Sie müssen solchen Beschwerden nachgehen. Ich war doch selbst neulich mit Lois draußen, und das Erste, was sie sagt, als sie aus dem Wagen stieg, war: ›Was riecht hier bloß so?‹, und ich: ›Das sind Bettys Katzen.‹

Lois?

Hat sie gesagt. Kaum, dass sie aus dem Wagen gestiegen war.

Lois war hier?

Sie war mit mir da.

Lois hasst Katzen.

Betty, das stimmt doch nicht.

Sie hasst *meine* Katzen.

Das stimmt doch nicht. Sie hat es eben gerochen.

Hast *du* es gerochen?

Jeder würde es riechen.

Das sind die Katzen.

Das *weiß* ich. Das meine ich doch. Also, was wollen wir unternehmen?

Weggeben werde ich sie nicht.

Dann müssen wir sauber machen. Ganz einfach. Ich bin gern bereit, rauszukommen und dir zu helfen, Betty, aber du musst schon mitziehen. Weißt du, als ich das letzte Mal zum Saubermachen da war, ist mir der graue Kater auf Schritt und Tritt gefolgt und hat überall gleich wieder hingemacht. Das ist nicht in Ordnung, Betty.

Cricket?

Der graue. Ich weiß nicht, wie er heißt. Der nackte.

Cricket.

Was ist mit seinem Fell?

Der ist so auf die Welt gekommen.

Fehlt dem was?

Cricket fehlt überhaupt nichts.

Also, wenn mit dem was nicht stimmt, solltest du ihn abschaffen.

Dem fehlt nichts.

Ich habe aber noch nie eine nackte Katze gesehen.

Der ist so auf die Welt gekommen.

Meinetwegen, aber wir müssen die Sache angehen, Betty.

Tu ich doch.

Nein, tust du nicht, Betty. Immer wieder gibt es Aufforderungen und Verwarnungen, und es passiert einfach nichts.

Ich habe andere Sorgen.

Was für Sorgen?

Der Wohnwagen steht schief. Ich brauche sechs Stützen.

Stützen?

Diese Metallstützen, um den Wagen aufzubocken, damit er gerade steht. Ich brauche sechs Stück.

Ich verstehe nichts von Caravans. Ich habe nie einen gehabt.

Die brauche ich. Irgendjemand muss unten rein und die Stützen setzen. Allein kann ich das nicht.

Da finden wir auf dem Platz bestimmt jemand.

Ich kann das nicht. Das geht nur zu zweit.

Wir finden bestimmt jemand, der dir hilft, aber das ist nicht das eigentliche Problem.

Das ist *wohl* das Problem.

Ist es nicht, Betty.

Was denn dann?

Die Katzen, Betty!

Ich kann nicht in einem Wohnwagen leben, der schief steht. Wo alles schief ist.

Was ist nun mit den Katzen!

Einsperren werde ich sie nicht. Das steht fest.

Aber sie können doch nicht einfach überall im Wohnwagen frei herumspazieren.

Warum denn nicht?

Weil du sie nicht im Griff hast! Die machen überall hin.

Ich will sie gar nicht im Griff haben.

Dann musst du sie abschaffen.

Ich werde sie auch nicht abschaffen.

Dann werden sie eben kommen und dir wieder den Wohnwagen wegnehmen. Ganz einfach.

Sollen sie ihn nehmen.

Und dann? Wo willst du dann hin?

Ich finde schon was.

Lois und ich können dich unmöglich aufnehmen. Es ist einfach nicht genug Platz.

Bei Lois würde ich auch gar nicht wohnen wollen.

Also hör mal, Betty, sie hat dir immer wieder geholfen. Das weißt du.

Wann?

Sie hat bei dir das Gleiche gemacht wie ich.

Was denn?

Sauber gemacht, Betty. Hinter deinen Katzen aufgewischt. Und dann hat sie dir das eine Mal den ganzen Wohnwagen neu machen lassen. Hat die Trennwand hinter der Küche eingesetzt. Das Stück Sperrholz einsetzen lassen und die ganzen Katzen da untergebracht, und das Erste, was du bei deiner Rückkehr gemacht hast, du hast die Wand wieder rausgenommen.

So können sie nicht leben. In der Küche eingesperrt.

Sie waren nicht eingesperrt. Sie hatten reichlich Platz.

Sie waren eingesperrt. Lois hasst die Katzen.

Ach, Betty –

Was denn?

Ich weiß nicht. Entweder das oder abschaffen.

Ich werde sie nicht abschaffen.

Du könntest wenigstens ein paar abschaffen.

Welche denn?

Den grauen Kater zum Beispiel.

Cricket?

Ja, Cricket. Den nackten.

Du magst Cricket nicht, wie?

Es geht nicht um mögen oder –

Er ist so zur Welt gekommen.

Ich *weiß*, dass er so zur Welt gekommen ist!

Das kann man ihm doch nicht vorwerfen.

Wer spricht denn von *vorwerfen*.

Du hast gesagt abschaffen.

Ich meine doch nur – wenn du ein paar Katzen abschaffen wolltest, dann vielleicht am ehesten ihn, weil er kein Fell hat.

Dem fehlt nichts. Er ist eben anders.

Irgendwas hat er doch. Das ist doch nicht normal, dass eine Katze kein Fell hat.

Er hat nie Fell gehabt.

Hat er Räude oder so was?

Bei Räude fallen die Haare aus. Er hat nie welche gehabt zum Ausfallen.

Jedenfalls ist es unhygienisch, so eine Katze zu halten.

Ich gebe Cricket nicht her.

Dann vielleicht ein paar von den anderen. Die gelbe.

Welche gelbe?

Die mit dem komischen Streifen im Gesicht.

Badger?

Heißt sie so? Weiß ich nicht.

Badger ist der Daddy.

Den solltest du wenigstens kastrieren lassen.

Ich lasse Badger nicht kastrieren. Er ist der Daddy.

Dann werden sie immer wieder Junge kriegen.

Ich kann sie doch nicht daran hindern, Junge zu kriegen, wenn sie das wollen.

Deshalb lässt man sie doch sterilisieren.

Bitte?

Damit sie nicht ständig Junge kriegen!

Kommt nicht in Frage.

Schön. Dann weiß ich auch nicht.

Was weißt du nicht?

Ich weiß nicht, was wir machen sollen.

Da ist nichts zu machen.

Ich habe immer versucht, dir zu helfen. Ich und auch Lois.

Ihr könnt mir nicht helfen.

Wir können dir jedenfalls nicht helfen, wenn du dir nicht selbst helfen willst.

Stimmt. Niemand kann mir helfen.

Was wollen wir also tun, Betty?

Nichts.

Du willst dir einfach wieder den Wohnwagen wegnehmen lassen?

Können sie haben. Ist sowieso der letzte Schrott. Hat noch nie richtig gerade gestanden.

Du hast es so weit kommen lassen.

Ich kann mich nicht erinnern, dass der je gerade gestanden hat. Der war immer Schrott.

Als du ihn bezogen hast, stand er gerade. Und sauber war er auch. Der ist wegen der Katzen so heruntergekommen.

Na, mag sein.

Du weißt, dass es so ist.

Ja, ich weiß es.

Was in aller Welt wollen wir also machen, Betty?

Nichts. Da ist nichts zu machen.

Die Frauen draußen

Mittlerweile war jede letzte Frau aus dem Haus getrieben – mal durch Verrat, meist durch Vernachlässigung. Es gab nur noch den Jungen und seinen Großvater. Ihnen war es nur recht. Es war friedlich.

Der Junge schnitt dem alten Mann mit der kleinen Schere seines Schweizer Armeemessers die Fußnägel. Gelbe Hornschnitze schossen über den Kopf des Jungen hinweg und landeten auf den blanken Dielen des winzigen Wohnzimmers. Der Großvater saß in seinem geliebten spanischen Kolonialstuhl aus Eiche, die *Daily Racing Form* ordentlich auf dem Schoß aufgeschlagen, eine brennende Pall Mall in dem Standaschenbecher neben sich. Das Knipsen der auf dem Parkett landenden Nagelabschnitte, eine einsame Spottdrossel draußen vorm Fenster und der rasselnde Atem des alten Mannes waren die einzigen Geräusche. Der Junge machte seine Sache sorgsam, darauf bedacht, die Nagelecken am Bett ja nicht zu kurz zu schneiden. Den Fehler hatte er nämlich einmal gemacht, worauf der Großvater eine Woche lang gehumpelt hatte und ausgiebige Fußbäder in Bittersalz und Apfelessig erforderlich geworden waren. Geklagt hatte der Großvater nicht, aber der Junge hatte Tage ohne ein einziges Wort über sich ergehen lassen müssen, während der alte Mann tiefer und tiefer in sich selbst zu versinken schien, bis er, plötzlich, eines Morgens aus seinem Stuhl sprang, barfuß zum Russian River hinunterstapfte und brusttief ins Wasser watete. Danach waren seine Zehen in Ordnung, und er fand wieder zu seinen Anwandlungen munterer Gesprächigkeit zurück. Inzwischen ist er vollkommen wiederhergestellt. Seine Zehen schimmern blass wie fette Erdwürmer. Er greift nach seinem roten Bic-Kugelschreiber und umkringelt den Namen eines Pferds im achten Rennen – »Monkish«, ein brauner Wallach unten aus Pomona. In die leere Spalte hinter dem Namen kritzelt er »1800 – schlecht abgesprungen – kam auf – festgefahren«. Er steckt die Kappe auf den Stift und schiebt ihn sich in die Brusttasche zurück, dann greift er nach seiner Pall Mall. ›Genau so soll es sein‹, denkt er und rückt sich zufrieden an der harten Rückenlehne zurecht, genau so, wie er es sich immer vorgestellt hat. Es gibt keine Kluft zwischen seiner Vorstellung und dem, wie es ist. Versonnen spricht er mit dem Jungen, der vor seinen knotigen Füßen kniet. »Letzte Woche – wann war es noch? Wann sind wir noch letzte Woche an den Fluss runter zum Essen? Du weißt schon – wurde schon dunkel.«

»Du meinst zum ›Inn‹?«, sagt der Junge, ohne die Arbeit zu unterbrechen.

»Na also! ›The Inn‹. Ist doch ein einfacher Name. Sollte ich mir doch wohl merken können, so einen einfachen Namen.«

»Ja, ›The Inn‹. So heißt das Lokal.«

»Gutes Essen, fand ich. Knusprige Ente. Was ist das eigentlich? Was Chinesisches, knusprige Ente?«

»Das magst du doch. Das isst du doch immer.«

»Und du hast dein übliches Thunfisch-Sandwich gegessen.«

»Hab ich?«, meint der Junge.

»Na, jetzt werd du nicht auch schon schusselig. Fehlt gerade noch, dass wir beide denselben Salat haben.«

»Nein, schon gut. Ich erinnere mich. Ich bestelle immer das Thunfisch-Sandwich.«

»Na also. – Und dann war da so ein Mädchen. Schien dich zu kennen. Wer war denn die Kleine?«

»Was denn für ein Mädchen, Grandpa?«

»Das Mädchen! Schwarze Haare. Erstaunliche Augen. Hat uns bedient.«

»Ach so –«

»Du weißt, wen ich meine. Stell dich nicht dumm.«

»Ja. Ich seh sie manchmal. Sie kommt öfter in die Futtermittelhandlung.«

»So, tut sie das? Dann kennst du sie also *doch*.«

»Nur aus dem Laden.«

»Schien sehr von dir angetan. Hast dus mitgekriegt?«

»Eigentlich nicht«, sagt der Junge und zieht das Kinn etwas ein, als er sich nun den langen, spatelförmigen mittleren Zeh vorknöpft.

»Sollte man aber. So was darfst du nicht übersehen. So was kann dein gesamtes Leben verändern. So ein Moment.«

»Was denn für ein Moment?«

»Wenn dir eine schöne Augen macht! Immer wieder ist sie zu uns an den Tisch gekommen und hat Wasser nachgeschenkt, obwohl die Gläser noch voll waren. Konnte sich gar nicht sattsehen.«

»Na, ich weiß nicht.«

»Das hast du nicht mitgekriegt, dass sie immer wieder zu uns an den Tisch gekommen ist?«

»Sie hat uns bedient. Da muss sie das doch.«

»Ha! Nicht, solang die Gläser noch voll sind! So oft hätte sie nicht vorbeikommen müssen.«

»Also, ich hab das nicht so mitgekriegt«, sagte der Junge entschieden, in der Hoffnung, das Gespräch abbiegen zu können. Es entsteht eine wohltuende Pause; man hört eine Taube im Staub der Straße baden und Wasser durch den Irrigationskanal auf die Futterweide nebenan rauschen.

»Weißt du, wie sie heißt?«, fragt der Großvater leise.

»Nein – irgendwie mexikanisch – ›Mina‹ oder so.«

»Mina?«

»So ähnlich. Sie kommt oft in die Futterhandlung, um was für ihre Ziegen zu holen.«

»So eine wie die hält Ziegen?«

»Ja, wieso nicht?«, sagt der Junge und versteht das Gefühl nicht, das in ihm aufwallt, diesen Drang, sie in Schutz zu nehmen.

»Wieso nicht. Ist nichts gegen einzuwenden. Gefällt mir, wenn eine mit Tieren umgehen kann.«

»Ich fege den Haferstaub und die Alfalfareste von den Ballen zusammen und bring ihr das in alten Futtersäcken nach hinten raus. Kostet sie keinen Cent.«

»Aha, du bist ihr gefällig?«

»Hin und wieder.«

»Die Kleine ist sehr hübsch. Kann mich nicht entsinnen, wann ich zuletzt solche Augen gesehen habe. Weit für ihr Alter, würd ich meinen.«

»Keine Ahnung, wie alt sie ist.«

»Schwer zu sagen bei einer wie ihr. Eher schon eine Frau.«

»Keine Ahnung«, murmelt der Junge.

»Aber wieso hält sie Ziegen? Sie bedient schließlich.«

»Wahrscheinlich hat sie mehr als den einen Job.«

»Und wieso Ziegen?«

»Keine Ahnung. Vielleicht die Eltern. Sie kommt aus einer großen Familie, glaub ich. Sie sagt ja nie was, wenn sie kommt. Steht bloß da und sieht mir beim Fegen zu.«

»Du gefällst ihr.«

»Weiß ich nicht.«

»Sicher. Was glaubst denn du, was sie interessiert? Der Besen?«

»Ich weiß nicht, ob ich ihr deshalb gefalle. Nur weil sie schaut.«

»Du gefällst ihr. Glaub mir. So was müsstest du doch allmählich wissen. Alt genug bist du.«

Der Junge wendet sich dem letzten Zeh am linken Fuß des alten Mannes zu. Dem kleinen Zeh, dem hässlichsten, weshalb er ihn immer bis zuletzt aufspart. Der Nagel steht hoch wie ein kleiner Haifischzahn, und er weiß nie so recht, wie er ihm kommen soll. Er hat Angst, der Nagel könnte irgendwie schnappen und ihn in die Hand beißen. Der Großvater zieht genüsslich an seiner Zigarette und lässt den Rauch langsam aus borstigen Nasenlöchern und dunklen Mundwinkeln sickern. Er studiert den Scheitel des hellen Kopfs seines Enkels. Er bewundert die Kopfform, die perfekte Wölbung des Schädels und gratuliert sich insgeheim zur sehr männlichen Abstammung des Jungen. ›Natürlich fliegen die Frauen auf ihn. Wie denn nicht?‹

»Ich dachte gerade …«, fängt der alte Mann an, räuspert sich und zuckt beim letzten Schnippen der schmalen, silbernen Schere ein kleines bisschen zusammen. »Ich dachte gerade, es ist schon ein Weilchen her, dass wir Frauen im Haus gehabt haben.« Der Junge beendet seine Arbeit und bläst möglicherweise übersehene Nagelreste von den hochbetagten Zehen. Er richtet sich langsam auf, klappt sein Messer zusammen und steckt es wieder ein. Sein Blick ruht noch auf dem vollendeten Werk. »Wann war das noch, wann hat deine Mutter schließlich die Zelte abgebrochen? Sie war die Letzte, oder? Nach deinen beiden Schwestern. Wann war das noch?«

»Weiß ich nicht«, sagt der Junge, den Blick immer noch auf die Zehen des Großvaters gerichtet.

»Jahr bestimmt, wenn nicht mehr. Muss doch.«

»Vielleicht. Ich weiß es nicht mehr.«

»Mindestens ein Jahr. Ich weiß, wir hatten eine Bullenhitze. Mitte August muss es gewesen sein.«

»Kann sein.«

»Wir waren gerade mit der Mandellese durch. Das weiß ich noch. Wir hatten die Mexikaner ausbezahlt. Waren gut, die Jungs. Unten aus Sonora.«

»Kann sein.«

»Sie hatte deinem Alten gerade diesen Streich gespielt. Weißt du noch? Nicht, dass er es anders verdient hätte.«

»Wie, Mom?«

»Sicher. Weißt du nicht mehr? Ha, filmreif, was sie da abgezogen hat!« Der Großvater lacht leise und räuspert sich erneut. »Das war der Knüller! War gleich nach der kleinen Überschwemmung unten im Keller. Als es fünf Tage am Stück geregnet hat. Weißt du noch? Fluss ist so angeschwollen, dass sie die alte Brücke sperren mussten. Und das ganze Zeug von deinem Vater schwamm unten im Keller knietief in grünem Modder.«

»Stimmt.«

»Wir haben gepumpt wie die Teufel, aber sein ganzer Klumpatsch ist da einfach liegen geblieben und schimmelte vor sich hin. Reinste Katastrophengebiet da unten. Kleider hingestreckt wie Leichen. Angelzeug, alte Lederjacken, indianische Satteldecken, alles vergammelt und verstunken. Hat da unten gut und gerne drei Monate vor sich hingemufft.«

»Ja, wie das gestunken hat, daran erinnere ich mich. Das hat dich umgehauen; du konntest die Tür gar nicht aufmachen.«

»Na also. Na, und deine Mutter, die Gute, die setzt sich also eines Tages in den Kopf, die ganze Sauerei mit der Schneeschippe rauszuschaufeln und in Kartons zu klatschen. Die Freundin hat ihr noch geholfen, diese ›Kitty‹ oder wie sie hieß, die unten am Highway im Kmart gearbeitet hat. Die ist helfen gekommen. Und die hat auch die Kartons mitgebracht. Die beiden haben sich billigen Wodka mit Limo eingeschwenkt, waren nur noch am Gackern, und die Musik voll aufgedreht. Ich hatte natürlich keine Ahnung, was sie da treiben. Dann taucht einer dieser Riesenumzugswagen auf, die sie mit den großen grünen Mayflower-Bildern bemalen. Weißt du noch?«

»Nein, daran kann ich mich nicht erinnern. Wo war denn ich?«

»Keinen blassen Schimmer. Vielleicht in der Schule. Wahrscheinlich.«

»Wahrscheinlich.«

»Jedenfalls lässt deine Mutter das ganze Geraffel und Gerümpel per Nachnahme nach Arizona verfrachten, wo er mit der Neuen lebt, mit der er sich zusammengetan hat.«

»Wer, Dad?«

»Ja, ›Dad‹! Dein Vater. Irgendwo draußen in Arizona. Weiß nicht mehr, wo.« Der alte Mann beginnt gleichzeitig zu keckern und zu husten. Er schnickt die Asche von seiner Pall Mall, aber sie trifft nicht und fällt in einem Stück auf den Boden. »Batzen Geld hätte ich darum gegeben, sein Gesicht zu sehen, als der Umzugswagen bei ihm vorfährt! Wo er doch geglaubt hat, er kommt ungeschoren davon mit seiner Neuen.«

»Ich muss in der Schule gewesen sein. Ich kann mich an nichts davon erinnern.«

»Riesen-Mayflower-Umzugswagen, hat fast die ganze Straße blockiert. Und deine Mutter unten im Keller und wie besessen am Schippen. Stunden war sie da unten. Sie und diese ›Kitty‹ da unten am Stapeln und Zusammenschmeißen. Hab sie noch nie so schuften sehen. Und gesungen haben sie! Alle beide. Lauthals gesungen, als wär Mardi Gras. Den ganzen Müll, den er angesammelt hatte, ein Leben lang wahrscheinlich. Alte Fotos von Preisrindern, Eisenbahnzeitschriften, kaputte Gitarren, Quarterhorse-Preise, alles ganz wellig und durchweicht. Ich hab vom Küchenfenster aus zugesehen. Hab den ganzen Zinnober von da oben aus mitgekriegt. Wussten sie aber nicht, dass ich zuschau. Die Packer haben einen Karton Müll nach dem anderen in den Wagen geladen. Die konnten kaum fassen, dass sie den Scheiß tatsächlich quer durch mehrere Bundesstaaten karren lassen will. Ich weiß noch, wie sie sein altes Bisonfell rausgetragen haben. Muss fast so viel gewogen haben wie das Vieh, dem sie es über die Ohren gezogen haben, vollgesogen und nach Wildwest stinkend.« Der alte Mann lacht und spreizt die frisch gepflegten Zehen. Er blickt hinunter, prüft, ob die Nägel gleich kurz sind. »Na, deine Mutter hatte immerhin Humor. Das muss man ihr lassen.« Der Junge schweigt. Er dreht den Kopf langsam zur kleinen Fensterbucht und starrt hinaus in die helle Magnolie. Er sieht Bienen die süßen, vollen Blüten umschwärmen. Der Großvater beobachtet ihn jetzt und kriegt plötzlich ein komisches Gefühl, wie aufsteigende Übelkeit ganz oben im Magen. Sie erinnert ihn an den Schwindel vergangener Verluste, vergangenen Alleinseins. Frauen, die ihn verlassen haben. Frauen, die er verlassen hat. Ganze Revue von Prachtweibern. Alle fort. Gottseidank lag das hinter ihm. Mehr als alles auf der Welt möchte er seinen Enkel vor solcher Leere bewahren. Noch ist er zu jung, um sich einzureihen. Also schlägt er nun für den Jungen einen forschen Ton an, versucht, seiner Stimme den Klang eines anbrechenden Tags zu verleihen. »Jedenfalls habe ich gedacht, wir könnten hier gut ein bisschen Hilfe gebrauchen. Du weißt schon, Geschirr, Fußböden, bisschen Staub wischen. Staub gewischt hat hier seit Monaten niemand, würd ich meinen.«

»Ich habe vor einer Woche Staub gewischt«, sagt der Junge, der zur Abstellkammer in den Flur geht, mit Besen und Kehrschaufel zurückkehrt und die Hornschnipsel um die Füße des alten Mannes auffegt.

»Was du nicht sagst.«

»Ja, ich habe die Bücherregale und den Kaminsims abgestaubt.«

»Na ja, aber das sollst du nicht. Dazu hast du die Zeit nicht, bei dem Job und allem.«

»Das geht schon.«

»Schließlich kommst du erst abends zum Essen heim, und

da hast du genug getan, ganzen Tag Heu aufgeladen, Futtersäcke geschleppt.«

»Macht mir nichts aus.«

»Ach was, das ist keine Arbeit für dich. Hausarbeit. Das geht doch nicht. Außerdem fehlt mir manchmal die zarte Hand einer Frau hier im Haus, dir nicht?«

»Die zarte Hand einer Frau?«

»Du weißt schon – besondere Note. Alles hübsch ordentlich. Gute Planung. Ein anderer Duft.«

»Anderer Duft?«

»Irgendwas in der Luft. Schwer zu erklären. Schwingungen. Ich finde, daran fehlt es hier in letzter Zeit.« Der Junge zuckt mit den Achseln, steht da, Besen und Kehrschaufel ausgestreckt in den Händen. Sein Blick fällt auf das Stippchen Asche auf dem Boden, und er beobachtet, wie es zwischen den ledrigen Füßen des alten Mannes sanft hin und herrollt. Er weiß nicht, wie er es hat übersehen können. Er schnickt es mit der Ecke des Besens auf die Kehrschaufel. »Fehlt dir deine Mutter?«, fragt der alte Mann ihn geradheraus. Der Junge staunt über den elektrischen Schlag, den die Frage seinem Kopf ganz oben versetzt. Darüber, wie die ganze Welt ringsum stehen bleibt.

»Nein«, sagt er.

»Du denkst nie an sie?«

»Nein.«

»Jedenfalls finde ich, es wäre keine schlechte Idee, die Kleine zu fragen, ob sie sich nicht was dazuverdienen will. Könnte eine große Hilfe sein, so ein Mädchen.«

»Mädchen?«, fragt der Junge wie in Trance, vor Augen das rote Haar seiner Mutter.

»Die kleine Kellnerin! Wir haben doch von ihr gesprochen.«

»So was kann ich sie doch nicht fragen.«

»Dann frag *ich* sie. Wir gehen heute Abend hin, und ich frag sie.«

»Heute Abend?«

»Ja. Warum nicht? Wir essen im ›Inn‹ zu Abend. Wie neulich. Ich bestelle die knusprige Ente, und du kriegst dein Thunfisch-Sandwich. Dann fragen wir sie. Wann hast du heute Feierabend?«

»Wie immer.«

»Gut. Dann komm gleich nach Hause. Wir duschen und machen uns fesch. Dann gehen wir zu Fuß runter zum Fluss essen. Ich gehe gern zu Fuß.«

»Wenn du meinst«, sagt der Junge halbherzig.

»Also vergiss nicht. Trödel nicht.«

Der Fluss schneidet durchs Herz der Stadt. Auf dem Weg hinunter zur Arbeit in der Futterhandlung sieht der Junge zu, wie sich der Fluss langsam in breiten grünen Platten vorbeischiebt. Er denkt an Mina. Er weiß sehr wohl, wie sie heißt. Er spricht sich den Namen vor und lächelt. Der Klang macht ihn lachen. Der Klang ihres Namens versetzt ihn in Trab, und er tritt nach einer zerdrückten Bierdose, die blitzend über die steinige Böschung segelt. Er findet es unfassbar, wie allein der Gedanke an sie seinen Atem verwandelt. Er läuft jetzt die Mission Street hinab, an der Sattlerei und dem Pitbull vorbei, der immer auf ihn losgeht und dann feige jaulend abzieht, sobald er anhält und herumfährt. Er lacht angesichts seiner Macht über Hunde und läuft weiter. Er spürt Minas lange Taille, die Rippen unter dem dünnen Baumwollkleid und wie sich auf ihrem Rücken heiße Schweißbänder bilden, sobald er ihre Brüste berührt. Er schmeckt ihren Hals und spürt ihr Beben, wenn sie ihn an sich zieht, ein Bein weit oben um ihn schlingt und ihm Spanisch ins Ohr flüstert.

Fremde

Decke, die ist blassblau, wie Himmel. Hat aber so einen leichten Stich, irgendwie metallisch. Da geht keine Fliege drauf, so viel steht fest. Die hab ich im Auge. Hat noch keine gewagt. Sind allergisch, deshalb. Sag ich. Irgendwas in der Farbe. Wände, das ist Standardweiß mit nem kleinen Schlag Pfirsich mit drin. Kleckser nur. Gibt mittags so einen Glanz. Ungelogen. Dezent, sag ich mal. Sitzplätze ganz in Grün, als hättst du ein schattiges Plätzchen zwischen lauter Büschen. Fußboden, der ist tiefbraun – so erdig wies geht – wie im Freien. Muss so sehr nach Picknick aussehen wie irgend möglich. Macht Appetit. Den Leuten scheints zu gefallen. Jedenfalls geht eine Menge Hausgebackenes weg. Jede Menge Hausgebackenes. Und Andenken gehen wie verrückt. Silber und so Zeug. Türkisschmuck, Schnickschnack. Diese kleinen Sombrero-Dinger, die Aschenbecher. Haben wir viel verkauft. Gab Zeiten, da sind ich und die Frau mit dem gelben Coupé DeVille bis nach Gallup und zurück. Nichts dabei, an so ner Tour. Einfach los. Damals, als du bei den Pfandleihern noch ein gutes Geschäft machen konntest. Ganze Ladungen Indianerzeug weggekarrt und hier im Café losgeschlagen. Schließlich nicht verboten. Gleich hier an der Kasse verkauft, zusammen mit den glasierten Donuts und dem Kaugummi. Wo die Leute stehen, wenn sie zahlen kommen, und ihnen das Indianerzeug ins Auge springt. Besonders die von der Ostküste. So was kennen die überhaupt nicht. Gürtel mit Silberconchas, Kriegskopfschmuck und was nicht alles. Damals war das Zeug spottbillig. Die Leute sind hier mit Bergen Zeug raus, das sie zehnmal so viel gekostet hat wies Essen. Freudestrahlend. Damals haben wir hinter dem alten Coupé DeVille einen offenen Vierer-Pferdehänger mitgekarrt, und ich kann dir sagen, den haben wir voll geladen bis zum Gehtnichtmehr. Gut 400 000 Meilen haben wir im Coupé bei unseren Touren nach Gallup auf den Tacho gebracht. Ich und die Frau. Sind natürlich auch mal woanders hin. Abstecher. Einmal glatt bis nach Kalifornien zum Maultier-Rodeo in Ludlow. Das war was. Und draußen unter den Sternen geschlafen. Noch nie so viel Sterne gesehen. Wüste bringt sie einfach mehr raus. Sind auch mal bis nach Santa Fe rauf, aber das war so ne Sache. Ich will dir mal was sagen – ich bin selbst unten bei Las Cruces geboren und aufgewachsen, in der Nähe der Staked Plains, aber als ich und die Frau da nach Santa Fe sind, bin ich mir zum ersten Mal in meinem Leben vorgekommen wie ein Fremder. Gut, ich war nie in Europa oder überhaupt Übersee, aber da bin ich mir zum ersten Mal vorgekommen, als gehöre ich nirgends hin. War kein schönes Gefühl. Ich und die Frau waren heilfroh, endlich wieder hier im Café zu sein. Und ehrlich gesagt, ich bleib lieber daheim. Lohnt sich nicht groß, noch loszuziehen. Gibt nichts mehr günstig. Hat immer schon jemand ein Preis dran, sag ich mal.

Die Botschaft leben

Über den hitzewabernden Chickenwings hängt ein kleines handbeschriftetes Pappschild, auf dem steht: LEBEN IST DAS, WAS PASSIERT, WÄHREND DU IRGENDWELCHE PLÄNE MACHST. Das fettbespritzte Schild dreht sich träge im orangeroten Licht der Wärmelampen. Apokalyptische Hintergrundmusik stöhnt aus versteckten Lautsprechern. Hinterm Verkaufstresen lungert ein spindliger, blutarmer junger Typ, er hat sich die Mütze tief ins Gesicht gezogen, und seine flaumigen rosa Ohren stehen seitlich ab. In beiden sitzen mehr Ringe als an einer Gardinenstange, und sie sehen aus, als wären sie eingekniffen worden wie bei Kälbern die Ohrmarken. WINGS steht vorn auf seiner schwarzen Mütze, WINGS in Weiß. Der spindlige Typ hantiert gleichzeitig mit PC-Tastatur und Telefon: Hörer in die Halsbeuge gequetscht, haut er in die kleinen, klackernden braunen Tasten. Direkt neben ihm klingelt ein zweites Bestellgerät, und ein junges Mädchen mit der gleichen Mütze und wippendem Pferdeschwanz hechtet an dem spindligen Typen vorbei und stößt das Telefon von der Theke. »Shit!«, ruft sie und angelt danach, erwischt es falsch rum und klatscht es sich ans Ohr. Zu hören ist nur das Freizeichenbrummen. Sie knallt das Ding hin. »Was kann ich für Sie tun?«, fragt sie mich.

»Ich hätte gern eine 10er Portion Wings.«

»Welche Soße?«

»Was gibts denn für welche?«

Sie guckt genervt, als wäre sie viel zu beschäftigt, um sich mit jemandem abzugeben, der den Ablauf nicht kennt. »Steht alles da oben an der Tafel in dem kleinen gelben Feld«, sagt sie. »Normal. Mittelscharf und Extra.«

»Extra?«

»Genau. Extrascharf.«

»Geben Sie mir bitte mittelscharf.«

»Gut«, sagt sie, notiert und klatscht die Bestellung zwei weiteren knochigen Typen mit schwarzen Mützen und langen schwarzen Schürzen an den Frittierkörben hin.

»Wer hat denn die Botschaft verfasst?«, frage ich das Mädchen.

»Bitte?«

»Wer hat das Schild da gemacht, über den Chickenwings?«

»Keine Ahnung«, sagt sie noch unwilliger, weil ich ihre Dienste über Gebühr beanspruche.

»Ich würde denjenigen gern kennen lernen.«

»Wen?«, meint sie ungläubig.

»Den, der die Botschaft verfasst hat.«

»Ich *weiß* nicht, wer das war«, mault sie.

»Weiß es von euch jemand?« Sie wuchtet ihre mächtigen Hüften so schnell zu den zwei knochigen Wings-Frittierern herum, dass ihr Pferdeschwanz an meiner Nase vorbeipeitscht. »Weiß jemand, wer das Schild hier gemacht hat? Kunde fragt danach.«

»Hä?«, machen die Frittierer fast unisono, während sie meine Wings im sprotzenden Öl rütteln und mit gewaltigen silbernen Gewürzstreuern über dem Ganzen herumfuhrwerken.

»Wer das Schild gemacht hat. Kunde hier fragt danach.«

»Ich nicht«, sagt der eine Typ und klatscht meine öltriefenden Wings in ein weißes Pappschiffchen, während der andere sie in roter Glibbersoße ertränkt. Das Mädchen wuchtet sich wieder herum.

»Zu trinken?«, fragt sie.

»Cola«, sage ich. »Eine kleine.«

»Nehmen Sie auch Pepsi?«

»Es gibt nur Pepsi?«

»Es gibt nur Pepsi.«

»Ist gut«, sage ich, und sie setzt einen leeren Becher vor mich auf den Tresen und schlenzt dann die Pappschale mit den roten Wings zu mir rüber.

»Macht drei siebenundvierzig«, sagt sie.

»Und keiner weiß, wer das Schild gemacht hat?«, versuche ich es nochmal, während ich nach meinem Geldbeutel fische.

»Sieht so aus. Scheint keiner zu wissen.«

»Vielleicht jemand von einer anderen Schicht?«

»Möglich.«

»Ich würde mich mit der betreffenden Person gern mal unterhalten«, sage ich und halte ihr einen zerfledderten Zehner hin.

»Und warum?«

»Ich wüsste gern, ob derjenige, der die Botschaft verfasst hat, sie auch lebt, oder ob er bloß Sprüche klopft.«

»Was lebt?«

»Die Botschaft. Den Sinn.«

»Hören Sie, ich habe keine Ahnung, wer es war«, sagt sie, und die Art, wie sie mir rausgibt, hat etwas Endgültiges.

»Ist Ihnen während einer der anderen Schichten nicht vielleicht jemand aufgefallen, der besonders berufen erscheint? Besonders gegenwärtig, besonders wach? Beschwingt geradezu?«

»Ich habe keine anderen Schichten. Nur diese«, sagt sie.

»Verstehe. Aber vielleicht haben Sie von diesem Menschen gehört. Wahrscheinlich ist er inzwischen in aller Munde. Sehr gefragt.«

»*Wer* denn?«

»Der, der die Botschaft verfasst hat.«

»Hören Sie, ich weiß nicht, wer die Botschaft verfasst hat, ja? Irgendjemand hat sie verfasst, aber ich war es nicht.«

»*Ich* habe das geschrieben«, sagt der Typ mit der tief ins Gesicht gezogenen Mütze und den abstehenden Ohren, der jetzt still sein Telefon ablegt und sich den Nacken reibt.

»*Du* hast das geschrieben?« Das Mädchen juchzt und dreht sich nach den anderen beiden um. »Das Schild ist von Dicky!«

»Was für ein Schild?«, fragen die Frittierer absolut unisono.

»Das Schild hier! Dieses!« Sie schlägt mit dem Handrücken nach dem Pappschild, und es dreht sich wild über den wabernden Wings.

»Was steht denn da?«, fragt einer der Frittierer nur mäßig interessiert.

»Du kannst doch lesen«, sagt sie, und der knochigere der beiden Frittierer schlurft zum Schild und wischt sich die roten Soßenfinger an der schwarzen Schürze ab. Er greift hoch und hält das tanzende Schild an. Er kneift die Augen zusammen und liest.

»Versteh ich nicht«, sagt er, tritt einen Schritt zurück und lutscht etwas Soße von seinem Daumen.

»Da steht: LEBEN IST DAS, WAS PASSIERT, WÄHREND DU IRGENDWELCHE PLÄNE MACHST«, erklärt ihm das Mädchen.

»Was da *steht*, seh ich auch. Ich kann schließlich lesen.«

»Also.«

»Das hat Dicky geschrieben?«

»Aber was bedeutet es, Dicky?«, haucht das Mädchen geziert und macht auf geheimnisvoll.

»Eben das, was da steht«, murmelt Dicky.

»Sehr treffend«, sage ich. »Wo haben Sie das her?«

»Einfach ausgedacht«, sagt Dicky.

»Einfach so?«, frage ich ihn. Sein Gesicht habe ich immer noch nicht gesehen. Er daddelt unter dem langen Schirm seiner Mütze leise schniefend weiter an den Tasten seines Computers herum.

»Ja, ist mir so eingefallen.«

»Dicky ist ein ganz Schlauer«, meint der Frittierer, knufft Dicky mit dem Ellbogen und geht wieder an die Arbeit. Dicky zuckt etwas zusammen, hebt aber nicht den Kopf. Ich rede mit seiner Mütze.

»Dicky, ist Ihnen der Einfall vielleicht zu einer Zeit gekommen, wo Sie in Zukunftsträumen schwelgten und plötzlich merkten, dass das Leben an Ihnen vorbeizieht?«

»So ungefähr«, murmelt er.

»Und hat Sie das wie ein Blitz getroffen, ist Ihnen schlagartig aufgegangen, wie weit Sie im Grunde von der Realität entfernt sind?«

»Hat was getroffen?«

»Der Gedanke. Der kluge Gedanke, dass leben das ist, was passiert, während Sie irgendwelche Pläne machen?«

Dicky schnieft wieder und wischt sich am Handrücken die Nase. Jetzt sieht er zu mir hoch: tief graugrüne Augen mit dunkelvioletten Halbmonden darunter, als hätte er gerade einen schlimmen Autounfall hinter sich. Noch mehr Ringe: je einer an den Nasenflügeln und drei silberne nebeneinander in der Unterlippe, die aussehen, als würden sie sich gerade entzünden. Sein Blick ist weich und erschrocken, er huscht von mir fort zur Fensterfront.

»Konkrete Pläne hatte ich eigentlich nicht«, sagt er fast flüsternd, als wolle er verhindern, dass es die anderen hören. »Ich habe nur irgendwie von Colorado geträumt.«

»Colorado?«

»Ja.« Sein Blick streift mich wieder, begegnet meinem eine bange Millisekunde, hetzt dann über die Computertasten und sucht schnell ein Versteck.

»Sie meinen so in den Tag hineingeträumt?«

»Ja. Ich war ja hier. Wie jetzt auch. Ich habe aus dem Fenster da gestarrt.« Das Pferdeschwanzmädchen hat sich inzwischen mit den zwei Frittierern hinter die Wannen mit brodelndem Öl zurückgezogen. Sie tuschelt mit ihnen, während sie sich eine Zigarette anzündet und mir ab und zu einen paranoiden Blick über die Schulter zuwirft. Dickys grüne Augen fliegen wieder zur Fensterscheibe und heften sich auf das herabperlende Kondenswasser. Draußen auf der Straße sieht es kalt aus. Es ist kalt.

»Und wann war das, Dicky?«

»Bitte?«, meint er wie in Trance.

»Wann haben Sie so vor sich hingeträumt – von Colorado?«

»Weiß nicht. Ist nicht lange her, glaub ich. Ich hab hier gestanden. Und zugesehen, wie es schneit.«

»Es hat geschneit?«

»Hier nicht. In Colorado. Ich hab zugesehen, wie es in Colorado schneit.«

»Aber Sie waren hier?«

»Ja, hier. So wie jetzt. Ich sah den Schnee fallen. So weich, irgendwie. Alles war still. So friedlich, irgendwie. Und hinter mir am Hang war eine Blockhütte.«

»Sie haben sich selbst dort im Schnee gesehen? In Colorado?«

»Ja. Ich war dort. Das heißt, ich war hier, aber dort. Keine Ahnung, wie ich da eigentlich hingekommen bin. So als hätte ich mich da hingewünscht, irgendwie. Es war mir schon lange durch den Kopf gegangen.«

»Colorado?«

»Ja. Und da war ich also. Ich seh da die ganze Zeit diese Hütte und wie der Schnee fällt. Warmes, gelbes Licht in den Fenstern, Rauch aus dem Schornstein und alles, verstehen Sie, sogar der Holzstoß unter dem Vordach. Aber irgendwas fehlte.«

»Was denn?«

»Ein Mädchen.«

»Aha. Ihre Freundin?«

»Nein, ein Mädchen, von dem ich irgendwie dachte, sie würde da sein.«

»Und das war sie nicht?«

»Nein. Und das war irgendwie ein Schock, verstehen Sie?«

»Wer war denn das Mädchen?«

»Das weiß ich nicht, aber sie war nicht da.«

»Ein gedachtes Mädchen?«

»Vielleicht. Ja, wahrscheinlich. Sie war nicht da.«

»Und da waren Sie enttäuscht?«

»Ja, klar. Weil, deswegen bin ich doch überhaupt aus der Hütte raus.«

»Ach, Sie waren *in* der Hütte?«

»Ja, aber da war sie nicht, also bin ich in den Schnee raus und stand da und habe zurückgeschaut, hab das Licht und den Rauch gesehen, nur sie war nirgends zu finden. Ich war da draußen vollkommen allein, verstehen Sie. Und da hab ich irgendwie gedacht, wozu komme ich eigentlich den ganzen weiten Weg hierher, wenn ich hier so vollkommen allein bin? Es war ein schreckliches Gefühl irgendwie. So ähnlich, wie wenn dir jeden Augenblick schlecht wird. Wie wenn du vielleicht nie wieder einen anderen Menschen siehst. Einfach irgendwie – allein. So.«

»Und da kam Ihnen der Gedanke?«

»Was für ein Gedanke?«

»Der Gedanke, dass leben das ist, was passiert, während man irgendwelche Pläne macht?«

»Wahrscheinlich«, sagt Dicky, und sein Blick sucht mich einen Moment und flieht dann wieder ans Fenster. »Weiß nicht. Nein, nicht gleich. Ich glaube, der Gedanke kam später.«

»Später?«

»Ja, später.«

»Wann?«

»Weiß nicht. Als irgendwie was platzte; irgendwas hat direkt hinter mir gekracht. Ich glaube, das Öl.«

»Ach, für die Wings? Das Frittieröl?«

»Ja. Es hat eben irgendwie gekracht und gesprotzt – Sie wissen ja – wenn man frische Wings reinschmeißt, dann explodiert alles irgendwie.«

»Verstehe. Und das riss Sie aus ihren Gedanken hierhin zurück?«

»Ja. Da war ich wieder hier.«

»Und Colorado war weg?«

»Ja, einfach irgendwie verschwunden.«

»Und da kam Ihnen der Gedanke?«

»Muss wohl«, sagt er und taucht wieder unter den Schirm seiner Mütze.

»Dicky, ich bin stolz auf Sie«, sage ich ihm, greife hin und klopfe ihm direkt über dem Wort WINGS auf die Mütze.

Ich schnappe mir den leeren Becher und mein Schiffchen Wings und mache mich auf den Weg zum Pepsispender. In einer der größeren Nischen sitzt eine Gruppe asiatischer Collegestudenten. Zwei hübsche Mädchen und ein junger Mann mit dicker Brille. Die Mädchen kichern und prusten Cola, der Typ nuckelt an seinen Wings. Ich nehme die Nische direkt hinter ihnen. Es ist sonst niemand im Laden. Zwei stumme Fernseher sind oben in verschiedenen Ecken angebracht. In dem einen laufen Wiederholungen der Footballspiele der National League, der andere ist auf irgendeinen Discovery Channel eingestellt und zeigt eine Schlange, die langsam ein gelbes Riesenei verschlingt. Ich sitze kaum, als ich Dicky auf mich zusteuern sehe; mit gesenktem Kopf und den Händen in den Hosentaschen schlurft er an meinen Tisch. Er schiebt sich gegenüber in die Nische, das Gesicht unter der Mütze verborgen.

»Es stimmt nicht ganz«, flüstert er gleich.

»Was stimmt nicht?«

»Das mit dem Schild. Ich habs zwar geschrieben, das

schon, und aufgehängt, aber es war nicht meine Idee. Die Botschaft, mein ich – die Idee ist von so einem anderen Typen. Nicht von mir.«

»Aha«, sage ich.

»Das ist der, den Sie suchen. Weil, Sie haben doch vorhin gemeint, der ist vielleicht besonders oder so?«

»Ja.«

»Das ist der Typ, den Sie suchen.«

»Wer ist es denn?«

»Bruce. Bruce hat sich das ausgedacht.«

»Und wer ist dieser Bruce?«

»Das ist der Typ, der mir die Piercings macht. Er hat mir diese ganzen Lippenringe gestochen.«

»Aha«, sage ich.

»Ein abgefahrener Typ. Den sollten Sie kennen lernen. Der hat nur solche Ideen.«

»Und wo ist dieser Bruce?«

»Hängt irgendwo rum. Den könnte ich leicht für Sie auftreiben, wenn Sie wollen.«

»Wissen Sie, Dicky, ich bin eigentlich mehr auf der Durchreise.«

»Ach so«, sagt er und drückt sich langsam, ohne die Hände aus den Taschen zu nehmen, aus der Nische hoch. »Ich dachte bloß, Sie wollen ihn vielleicht kennen lernen. Das haben Sie doch gesagt, dass Sie gern den kennen lernen würden, der die Botschaft verfasst hat.«

»Ich habe *Sie* kennen gelernt.« Er hängt an der Polsterecke der Nische, hin- und hergerissen zwischen bleiben und gehen.

»Aber ich wars ja nicht. Das hab ich alles von ihm – von Bruce –, was auf dem Schild steht. Das hat er schon vor einer ganzen Weile gesagt, und ich habs mir gemerkt, weil ichs gut fand, irgendwie. Also habe ich es hingeschrieben, aber ich habs mir nicht ausgedacht.«

»Das weiß ich.«

»Ich war es nicht.«

»Aber Sie haben es hingeschrieben. Sie haben ganz bewusst ein Stück Pappe zugeschnitten und einen Filzstift genommen und die ganzen Wörter in Blockschrift aufgeschrieben. Dann haben Sie das Ganze mit Tesa abgeklebt, damit die Botschaft kein Frittieröl abkriegt, und haben oben ein kleines Loch reingebohrt und den Schnürsenkel durchgezogen, und dann sind Sie da hochgestiegen über die Wings und haben Ihre Finger vorsichtig zwischen die Stromkabel geschoben und den Knoten so gemacht, dass das Schild genau in der Mitte unter den Lampen hängt, wo es jeder deutlich sehen kann, genau in Augenhöhe, weil Sie wussten, dass es da ins Auge springen und zum Lesen verführen musste und einem durch den Kopf gehen und kurze Zeit jeden Gedanken an Essen und Hunger durch diesen neuen Gedanken vertreiben würde, der die Leute vielleicht auf das Leben an sich bringt, sodass sie aufhören, von Aktienkursen oder der Freundin zu träumen oder der kaputten Ehe oder den Zensuren in Geschichte oder meinetwegen dem Weltuntergang. Und in diesem kurz aufblitzenden Moment wird im ganzen Körper ein rätselhaftes Licht gezündet und sendet die Botschaft in einen entlegenen Winkel ihres Selbst, das sich plötzlich an seine Geburt erinnert und ebenso sicher weiß, dass es sterben muss. Das haben *Sie* getan, Dicky. Genau das.«

»Na ja, vielleicht«, murmelt er und schlurft mit einem müden Wedeln seiner blassen Finger zum Abschied an die Arbeit zurück. Das leise Klackern der Computertasten setzt wieder ein. Die Schlange hat das Ei restlos verschlungen; eine dicke Beule wandert langsam in die Leibesmitte. Die asiatischen Studenten räumen in ihrer Nische ab, wischen rote Soße von der Resopalplatte des Tischs. Brett Favre feuert einen Pass in die Endzone. In die Hintergrundmusik bricht nun eine hysterische Frauenstimme ohne jede melodische Ambition. Ich mustere meine Chickenwings. Sie scheinen weit weg. Ich habe keine Ahnung, wo ich bin, welcher Ort. Es spielt keine Rolle. Ich habe keine Ahnung, welcher Ort als Nächster kommt. Ich habe keine Pläne.

Die Firmeninteressen

Sagt er doch zu mir: »Drei Wegfahrer, und das wars.« Noling. Damit kommt er mir gleich am ersten Arbeitstag. Drei. Was soll ich denn machen? Als Frau ganz allein hier. Zwei Meilen von der Interstate und gut zehn vom Ort. Was erwartet der eigentlich? Fährt ein Wagen vor. Vier Uhr morgens. Für mich sieht der Wagen sauber aus. Indiana-Kennzeichen. Normal, irgendwie. Weißer Typ mit Familie. Sieht jedenfalls aus wie Familie. Frau und zwei Krabbelkinder. Was weiß denn ich? Vielleicht hat er sie alle entführt. Ich gebe also über Lautsprecher frei. Ich bin ganz allein. Ich mach meine Stimme dick. Als wär ich ein Typ oder so. Tief. Eben so, als gäbs mehr als nur mich. Als hätte ich zur Verstärkung einen Schlägertrupp Trucker hier. Ich halte von der Kasse aus Wache. Ich sehe den Typen glasklar. Er glotzt die ganze Zeit auf die Säule und die Zahlen, die durchrasseln. Guckt sich nicht ein Mal nach mir um. Nicht ein Mal. Denkst du dir doch nichts, oder? Seine Frau lässt eines der Kinder auf ihren Knien hopsen, macht mit irgend so einer blöden Feder rum, kitzelt dem Kleinen damit das Gesicht. Kleine juchzt. Das sehe ich. Ich hab von hier den vollen Überblick. Ich hab jede einzelne Zapfsäule im Blick. Gibt nur deren Wagen. Typ macht sogar seine verdammte Windschutzscheibe sauber. Und zwar so richtig pingelig; wischt den Gummischaber zwischendurch mit Papier ab, damits bloß keine Schlieren gibt. So richtig pingelig. Und guckt sich immer noch nicht um. Nicht ein Mal. Also, normal merkst du einem Wegfahrer was an, dass irgendwas faul ist. Ein Wegfahrer putzt verdammtnochmal nicht seine Windschutzscheibe. Der denkt doch die ganze Zeit an den Abflug. Hat die ganze Zeit Muffen. Aber der nicht. Der Typ hat die Ruhe weg. Der putzt seine Windschutzscheibe, dann macht er die Scheinwerfer sauber, geht nach hinten, wischt die Rücklichter ab, taucht den Schaber nochmal ein, jetzt ist die Heckscheibe dran, dann klatscht er den Schaber in den Eimer, steigt in seinen verdammten Wagen, und weg ist er. Fährt verdammtnocheins einfach in Nacht und Nebel davon. Eiskalt. Was soll ich denn da bitteschön machen? Meinen fetten Arsch da rausrennen, rumbrüllen und fuchteln? Riskieren, dass wer auf mich schießt? Wie soll ich den denn aufhalten. Ohne Waffe. Als Frau ganz allein hier. Aber Noling, der meint, noch zwei und ich kann einpacken. Hat er gesagt. Firma zieht es mir vom Lohn ab. Als ich dann beim nächsten Mal anfange mit: Nur gegen Vorkasse, Kreditkarte, Anzahlung, irgendwas, meint er, ist illegal. Geltendes Recht hier im Bundesstaat oder son Scheiß. Geht nicht. Was soll ich denn machen? Sagt er, darf eben nicht wieder vorkommen. Ich hätte schließlich die Firmeninteressen zu wahren. Also neulich Abend zum Beispiel, laufen hier zwei Typen auf, richtig spät, mit Kentucky-Kennzeichen. Das war vielleicht eine abgewrackte Nummer, ehrlich. Der Truck nur Beulen und Rost, flatternde Kotflügel, Schmutzfänger oben bis unten voll Kuhmist, Gewehrhalterung: das volle Programm. Gruselig. Wuchten sich zwei so Typen aus dem Truck, und ehrlich, zusammen bringen die bestimmt ihre acht Zentner auf die Waage, ungelogen. Ich bin nämlich gut im Schätzen. Das kann ich auf ein paar Pfund genau, weil ich so oft zugesehen hab, wie mein Daddy die Mastkälber nach Gewichtsklassen getrennt hat. Kann ich richtig gut. Und die zwei schleppen garantiert ihre acht Zentner mit sich rum, ehrlich. Jetzt kommen sie: zottelige Bärte, Haare bis auf den Arsch, tätowiert. Und keine Socken. Das seh ich sogar von hier aus. So scharf sind meine Augen. Die reinsten Tiere, die zwei. Zwielichtiger gehts gar nicht. Tanken voll und haben dabei die Augen überall. Glotzen zu mir rüber, zur Straße rüber, dann wieder zu mir. Ich schon am Beten, *dass* sie den Abflug machen, damit ich nichts mit denen zu tun haben muss. Das muss man sich mal vorstellen. Als Frau ganz allein hier am Arsch der Welt, und da laufen diese Typen auf. Eins mache ich immerhin, ich notier mir schnell die Nummer, damit ich die wenigstens Noling zeigen kann, wenn er mich morgen anätzt. Nur, als ich hochschau, hauen die *nicht* ab, die kommen rein! Die walzen direkt auf die Tür zu, auf mich zu, alle beide. Und da macht mein Herz vielleicht einen Satz, weil, wenn die zwei schon von weitem gruselig waren, dann sind sie in nah der reinste Horror. Schwingen die massigen Arme wie Keulen, spucken dicke Batzen schwarzen Kautabak, und keiner von beiden sagt ein Wort. Deshalb ja die Panik. Kein Wort. Die ganze Zeit nicht ein Mucks aus einem der beiden. Und ich ganz allein, verstehst du. Keine Menschenseele sonst im Laden. Also, normal komme ich halbwegs klar, wenn die Leute miteinander reden oder mal flachsen oder so, aber bei den beiden: Funkstille. Das kann ich nicht ab. Ich hab eigentlich immer was laufen, Radio oder Glotze oder was, dass es die Luft ein bisschen bewegt, die Leere wegmacht. Damit ich irgendwie Gesellschaft hab. Aber Stille, da dreh ich ab. Die beiden walzen also rein, und ich denk: Scheiße, das wars dann, aber die halten schnurstracks auf den Gang mit dem Süßkram zu, in aller Ruhe, eins zwei, eins zwei mit den fetten Keulenarmen. Die beiden sind so fett, dass die Arme seitlich wegstehen, kannst unten durchgucken. Wie wenn sich ein Truthahn mächtig aufplustert, so bewegen sich die beiden. In aller Ruhe Gang rauf, Gang runter, und zu hören nur das Klirren ihrer Harley-Ketten. Sie haben nämlich identische

Kettenanhänger mit diesen ganzen Minizangen und -messern dran, Kirchportalschlüssel und so klotzige Eisenkreuze wie die Biker. Na, dieses Teutonen-Zeug. Alles identisch. Und grasen da überlebensgroß die Regale mit Süßkram ab. Alle beide. Idiotisch wie zwei verirrte Bären auf dem Highway. Gucken nicht ein Mal zu mir rüber. Können sich nicht lang genug vom Süßkram losreißen. Nehmen die M&Ms hoch, lesen, was draufsteht, und werfen die Tüten hoch, als würden sie das Gewicht prüfen oder was. Versteh ich nicht. Ehrlich, wann habt ihr schon zuletzt den Inhalt einer Tüte M&Ms gecheckt? Die beiden tun es immer wieder. Wechseln kein Wort. Und weiter gehts mit den PayDays, das gleiche Spiel: Werfen sie hoch, lesen, was draufsteht, schnüffeln an der Verpackung. Dann kommen die Tootsie Rolls, die Almond Joys, die Reese's Peanut Butter Cups. Gang rauf, Gang runter, vor und zurück. Als sie am Ende angekommen sind, haben beide die Keulenarme voll Süßkram. Beide mit identischen Sachen. Das sehe ich von der Kasse aus. Ich beobachte sie aus dem Augenwinkel, versuche im Blick zu behalten, was sie da abgreifen, versuche, die Firmeninteressen zu wahren. Und denk die ganze Zeit, die rauben den Laden aus, garantiert. Mit der Süßkram-Nummer wollen sie bloß Zeit gewinnen, bis sie die Lage hier überblicken: Überwachungskamera, Ausgänge, Alarmanlage und das alles. Gleich drehen sie durch und ziehen eine Riesenkanone. So seh ich das. Aber nein. Jetzt nehmen sie sich den Gang mit den Chips vor und bunkern Fritos, Cool Ranch Chips, Ruffles, Salzbrezeln. Es ist nicht zu fassen. Und greifen sich immer genau das Gleiche, als hätten sie Angst, einer könnte was kriegen, was der andere nicht hat. Zwei Riesenbabys mit Bart. Dann drehen sie sich um. Am Ende vom Gang bleiben sie stehen und drehen sich direkt zu mir um, und ich denke: Das wars. Jetzt bin ich dran. Sie sind beladen bis unter die Nasen. Gucken nur die kleinen schwarzen Schlangenaugen raus. Und plötzlich sehe ich, dass es Zwillinge sind! Allein an den Augen. So was sieht man doch irgendwie gleich. Schon an den Augen. Dass da zwei verwandt sind. Und jetzt wummert mein Herz derart, dass ich Angst habe, die sehen, wie mir das Namensschild von den Titten hüpft! Ich weiß todsicher, dass die jetzt die Kanone ziehen. Die werden schnurstracks vor die Kasse marschieren, ihren Scheiß abladen, eine Magnum 0.375 ziehen und sie mir in den schreckrunden Mund schieben. Ich muss sterben, ich weiß es. Führt kein Weg dran vorbei. Ich bin ganz allein. Was soll ich denn machen? 911 wählen? Bis die vom Highway Patrol hier sind, bin ich eine Leiche. Ich zittere jetzt am ganzen Leib. Meine Achseln sind klatschnass. Meine Finger werden zu Eis, und ich muss an Mama denken. Mir nichts dir nichts muss ich an Mama denken. Ich sehe sie auf dem Sofa sitzen und *Oprah* gucken, Marlboros rauchen, Kräcker mit Käsedip mampfen und dicke Tränen vergießen über die armen Schweine in der Show. Ich weiß nicht, was werden soll; wer sich um sie kümmert, wenn ich nicht mehr bin, und wer ihr beibringen soll, dass sie mir hier an der Conoco gerade das Hirn weggeblasen haben. Es gibt niemand. Ich bin die Letzte. Ich weiß nicht, wie es so weit kommen konnte.

Concepción

Mein Dad holte sich ganz regulär Rat bei Zigeunern. Wir haben darüber nicht geredet – meine Mutter und ich –, aber es ist wahr. Ich weiß es deshalb, weil er eines Abends plötzlich vor so einem kleinen Haus aus Feldsteinen hinter einem Zitronenhain drüben bei Upland anhielt. Meine Mom und ich waren mit im Wagen – ich nach der Kirche noch im Chorkleid und sie in ihrem dunkelblauen Kostüm mit dem kleinen Pillboxhut und der Handtasche, die dazugehörten. Es war um Ostern rum, und wir hatten einen Riesengottesdienst gehabt mit Männer- und Knabenchor zusammen. Meine Mom hat gemeint, sie ist sehr stolz auf meine Stimme, obwohl ich mich frage, wie sie die aus den Dutzenden von anderen Stimmen herausgepickt haben will. Wie sie nur meine gehört haben will. Sie saß direkt vor mir auf dem Beifahrersitz, und wir schauten zu den Fenstern hinaus dahin, wo mein Dad vorm Steinhaus unter einem gelben Licht stand und klingelte. Zur Feier des Tages hatte er sich seine Hauptmannsuniform angezogen, und dicht über seiner Air-Force-Mütze schwirrten winzige Falter und Nachtschwalben. Während er darauf wartete, dass jemand aufmacht, starrte er an den Zitronenbäumen und den fernen Lichtern von San Dimas vorbei ins Leere und nicht ein Mal zu uns im Wagen zurück. Er schien den Kopf voll zu haben, aber was immer da alles drin war, wir gehörten nicht dazu. Der schwere, süße Duft von Zitronenblüten drang sogar bis hinter die Autoscheiben. Im Fenster des kleinen Steinhauses lehnte ein Schild, auf dem CONCEPCIÓN stand – nur das eine Wort in Orange, mit Wachsstift geschrieben und einer blauen Lichterkette drum herum. Direkt über dem Schild hing ein kleines Porzellankruzifix, und das rote Blut aus Jesus' Wunden sah auf der weiß glasierten Haut noch röter aus. Schließlich kam jemand an die Tür und ließ meinen Dad rein. Das Gesicht konnte ich nicht sehen, aber ich wusste, es ist eine Frau, wegen der leisen Art, wie sie die Tür zuzog, und ich hab die rote Rüsche von ihrem langen Rock hinter den Khakihosen meines Vaters verschwinden sehen. Meine Mom und ich saßen eine ganze Weile schweigend da, lauschten den Koyoten und dem schrillen Rufen der Eulen, die sich im Zitronenhain auf die Feldmäuse stürzten. Von Osten strich der Santa-Ana-Wind heran. Meine Mutter schob die Handtasche auf ihrem Schoß hin und her und starrte zur Windschutzscheibe hinaus. Ich hatte keine Ahnung, was in ihrem Kopf vorging.

»Was bedeutet das Wort?«, fragte ich sie.

»Was für ein Wort, Schatz?«

»Das orange Wort im Fenster.«

»Das ist Spanisch, glaube ich«, sagte sie, nachdem sie den Kopf gedreht und gelesen hatte.

»Spanisch wofür?«

»Ich weiß es nicht, Schatz. Ich habe kein Spanisch gehabt.« Wir schwiegen wieder, und ich beobachtete das Licht hinter den grünen Gardinen im Steinhaus, aber ich konnte keine Umrisse sehen. Meine Mutter knipste ihre Handtasche auf und holte ein Papiertaschentuch raus. Sie begann, sich damit ganz langsam die Lippen zu betupfen, und machte dazu kleine schmatzende Geräusche. Sie holte einen kleinen runden Spiegel hervor und untersuchte ihre Mundwinkel. Ich weiß nicht, was sie suchte. Sie hatte einen vollkommenen Mund.

»Was macht Dad da drinnen?«, fragte ich.

»Er macht … einen Besuch«, sagte sie, während sie weiter im Spiegel ihr Gesicht betrachtete.

»Bei wem? Wen besucht er?«

»Eine Freundin eben.«

»Kennst du sie nicht?«

»Nein, ich habe sie nie kennen gelernt, Schatz.«

»Können wir reingehen und sie kennen lernen?«

»Nein, Schatz. Das wäre nicht so gut.«

»Warum nicht?«

»Dein Vater hat private Dinge mit ihr zu besprechen.«

»Was denn für Dinge?«

»Na ja … also … Dinge wie –« Sie schwieg einen Augenblick und sah zur Windschutzscheibe hinaus, weil eine Eule vorbeischoss. Sie ließ den kleinen Spiegel wieder in ihre Handtasche gleiten und schaute in die Tasche runter, als wäre ihr gerade etwas eingefallen, was mit Einkaufslisten zu tun hat.

»Dinge wie?«, fragte ich.

»Dinge wie … na ja, weißt du, wir beide, wir gehen in die Kirche – du und ich. Grandma geht in die Kirche. Die meisten in unserer Familie.«

»Kirche?«

»Ja. Wir gehen in die Kirche. Die meisten Menschen gehen in die Kirche. Die meisten Menschen glauben an – dein Vater nicht.«

»Was nicht?«

»Er geht nicht in die Kirche. Er glaubt nicht an die Kirche.«

»Wieso nicht?«

»Das weiß ich nicht genau, Schatz. Ich habe ihn nie gefragt. Es geht mich eigentlich nichts an. Aber er hat auch Fragen – gewisse Fragen, wie wir alle.«

»Was für Fragen?«

»Zum Beispiel – nun, Rätsel, zum Beispiel. Weißt du. Fragen, auf die wir allein keine Antwort finden.« Sie stopfte das Taschentuch wieder in ihre Handtasche und ließ sie zuschnappen. Das Schnappen bedeutete Ende der Diskussion, und sie verfiel wieder in ihren stummen Geradeausblick. Mir war heiß in meinem Chorkleid, und ich wollte es mir über den Kopf ziehen, blieb aber mit dem Hals stecken. Mich packte Panik, so, als wäre ich plötzlich in eine Grube gefallen. Es war stockfinster da drinnen, und es roch nach Stärke. Ich jaulte kurz auf, wie ich es von Hunden kenne, wenn man sie im Schlaf überrascht. »Du musst erst hinten den Kragen loshaken, Schatz. Du kannst es nicht einfach runterzerren. Komm her, ich helf dir.« Ich fühlte, wie die dünnen Finger meiner Mutter nach den Metallhaken fummelten, die im Nacken am schweren schwarzen Stoff den gestärkten weißen Kragen zuhielten. Die Finger kamen mir weit weg vor. Die Panik wuchs, sie schwirrte irgendwie auf meine Augen zu. Ich sah den roten Rüschenrock im Dunkeln an mir vorbeifliegen. Das Rascheln strich mir genauso über den Kopf wie draußen der Wind. Ich wusste nicht mehr, was was ist. »Zappel doch nicht so«, sagte meine Mutter. »Ich muss erst die dummen Haken finden. Halt doch still!« Aber ich konnte nicht. Die Angst wurde wie wenn über dem Gräber die Grube einstürzt. Es gab überhaupt kein Licht. Ein weißer Hund mit roten Augen erschien, er rannte direkt auf mich zu. Ich riss heftig an dem dicken schwarzen Stoff und hörte die ganzen Nähte aufplatzen. Mein Kopf war frei. »Jetzt hast du es zerrissen! Sieh nur! Du hast den ganzen Kragen abgerissen. O je. Was machen wir bloß?« Meine Mutter nahm das zerrissene Chorkleid hoch, drehte sich auf ihrem Sitz wieder nach vorn und besah sich den Kragen.

»Tut mir leid«, sagte ich lahm. Ich war so froh, wieder gute reine Luft atmen zu können.

»So ein Chorkleid kann man nicht einfach runterzerren wie ein T-Shirt oder so, Schatz. Das sind Spezialanfertigungen. Da sitzen professionelle Näherinnen dran.«

»Tut mir leid«, sagte ich nochmal.

»Und es gehört uns ja nicht, weißt du. Es gehört der Kirche. Jetzt werde ich die ganze Naht irgendwie neu machen müssen.«

Ich schob mich auf dem Rücksitz nach hinten und sah aus dem Seitenfenster zum Steinhaus rüber, während meine Mutter ihre Brille aufsetzte und mit ihren rotlackierten Nägeln begann, Fäden aus dem gerissenen Kragen zu zupfen. Sie knipste im Plymouth die Innenbeleuchtung an, und in dem Moment, wo sie es tat, sah ich die lange dünne Gestalt meines Vaters hinter den grünen Gardinen vorbeigehen. Dann kam die Gestalt der Frau. Die Tür ging auf, und ich sah meinen Vater der Frau Geld geben, seine Air-Force-Mütze aufsetzen und zum Wagen zurückkehren. Als er den Trampelpfad vom Haus runterkam, sah ich ihn eine kleine braune Tüte einstecken. Meine Mutter rollte rasch das zerrissene Chorkleid zusammen und stopfte es neben mich auf den Rücksitz.

»Kein Wort davon zu deinem Vater. Versprochen?«

»Versprochen«, sagte ich.

»Kein Wort«, sagte sie, strich ihren Rock glatt und hob sich die Handtasche wieder auf den Schoß, als hätte sie sich in der ganzen Zeit seiner Abwesenheit kein Stück gerührt.

Auf der Heimfahrt sagte niemand etwas. Wir hatten es nicht weit, fünf Meilen vielleicht, aber keiner sagte ein Wort. Ich schaute immer wieder auf das schwarze Chorkleid runter, um zu sehen, ob von dem Riss was zu merken war. Es sah völlig fertig und geschlagen aus, als würde es nie den Erwartungen gerecht werden. Wie so ein gefallener Engel, irgendwie.

Als wir zu Hause waren, verschwand mein Dad ohne ein Wort zwischen den Avocadoreihen. Meine Mom und ich gingen ins Haus. Wir machten in der Küche Licht und setzten uns an den Resopaltisch, sie auf der einen, ich auf der anderen Seite. Sie hatte das Chorkleid mitgebracht und holte die Brille wieder hervor, um den Kragen zu untersuchen.

»Was macht Dad da draußen?«, fragte ich.

»Schatz, ich weiß nicht, was er macht. Ich stelle keine Fragen. Es geht mich nichts an«, sagte sie, und sie sah mich dabei kein einziges Mal an, sondern fummelte bloß an dem steifen Kragen herum. Ich stand auf und ging zur Tür.

»Wo willst du hin, Schatz?«

»Einfach raus«, sagte ich.

»Aber stör deinen Vater nicht. Er muss jetzt ein bisschen für sich sein.«

»Ich stör ihn nicht«, sagte ich.

Draußen fegte der Wind immer noch von den Hängen herab. Es war ein warmer, schneller Wind, der die Avocadobäume durchrüttelte und überall bis runter zur Straße dicke Staubwolken hochwirbelte und dann schlagartig aufhörte. Staub rieselte im silbrigen Licht des Hofs auf den Maschinenschuppen, und ich dachte, ich seh meinen Dad hinter der Wellblechwand verschwinden, wo der Traktor stand. Ich schlich mich auf der anderen Seite hinten um den Schuppen herum, und mein Atem wurde schneller vor Angst, er könnte mich dabei erwischen, wie ich ihm nachspioniere. Ich wartete, bis der nächste Windstoß mir Deckung gab, und ich sputete mich und versuchte, im Dreisprung die breiten, trockenen Blätter auf dem Boden zu vermeiden. Als ich bis hinter die alte Akazie gekommen war, sah ich meinen Dad an der Rückwand vom Schuppen knien, das Gesicht zum Wellblech. Er war sehr dicht an der Wand und kehrte den Avocados den Rücken zu. Er nahm seine Mütze ab und legte sie neben sich auf die Erde. Ich konnte die Adlerschwingen glitzern sehen. Er holte die kleine braune Tüte aus der Tasche und zog daraus eine kurze gelbe Kerze hervor. Er zündete die Kerze mit seinem Zippo-Feuerzeug an und stellte sie auf einen glatten Stein unten an der Wellblechwand. Es kam wieder Wind auf, aber die Flamme bog sich nicht mal besonders. Eine halbe Ewigkeit starrte Dad auf die Kerze, die Hände auf die Schenkel gestützt. Er starrte einfach ins flackernde Kerzenlicht, während der Wind in den Dachsparren des Schuppens brummte und der Schein der Flamme auf dem Wellblech hüpfte. Er schloss die Augen und beugte den Kopf. Dann legte er schließlich die Hände zusammen und presste. Nur haben sich seine Lippen nicht bewegt. Ich habe ganz genau hingesehen, aber sie haben sich überhaupt nicht bewegt.

Es war nicht Proust

Weit im Norden der Wälder Neuenglands liegt ein tiefschwarzer See – einer von zehntausenden in dieser entlegenen Gegend. Dieser ist von Menschenhand geformt, eingeschliffen wie eine dunkle Diamantfacette. Im Winter friert er so dick zu, dass man mit einem Halbtonner bis in die Mitte hinausfahren kann zum Eisangeln: Hecht, darunter auch den gewaltigen Muskalunge. Im Sommer gibt es jede Menge Biber, Graureiher, Schreifrösche, Brautenten und ein Prachttaucherpaar, dessen gespenstisch klagende Rufe an das Heulen von Wölfen erinnern. Hirsch und Elch tauchen manchmal wie ein Spuk am dunklen Waldrand auf und schöpfen am südlichen Ufer, ehe sie wieder zwischen dichten Lärchen und Kiefern verschwinden. Gegenüber ragt ein kleiner, fahrbarer Aluminiumsteg auf Gummirädern ins rostfarbene Wasser. Ganz vorn sind zwei orangerote Campingstühle festgekettet, damit sie nicht von einem der spätnachmittäglichen Gewitterstürme fortgeweht werden, die so regelmäßig von der südlichen Ebene her aufziehen, dass man die Uhr danach stellen könnte. Im Hochsommer findet sich hier jeden Morgen ein Ehepaar mit weißen Kaffeebechern ein, Bechern, auf denen in Blau ›Betty's Pies‹ steht und gleich unter dem Schriftzug ein kleiner dampfender Pie zu sehen ist. Die Eheleute lösen die Kette von den Campingstühlen und rücken sie sich so hin, dass sie im Sitzen genau nach Westen blicken und die aufgehende Sonne über der linken Schulter haben. Sie sitzen eine Armlänge voneinander entfernt, so können ihre Finger sich berüh-

ren und kleine, zuckende Zeichen des Erkennens und der Zuneigung geben. Sie kommen seit achtzehn Jahren hierher, sitzen auf demselben Steg in denselben Stühlen. Manchmal betrachten sie einfach das still schimmernde Wasser und die Zeitlupenwolken, die an den Rändern von der Sonne rosa sind wie Zuckerwatte. Manchmal unterhalten sie sich:

Was hast du eigentlich immer mit den Franzosen?

Wieso, was soll ich haben?

Dieser abschätzige Ton, deine ganze Haltung. Die Kinder fangen auch schon damit an.

Tatsächlich?

Ja, tatsächlich. Ich möchte eigentlich nicht, dass sie mit so einer Einstellung aufwachsen. Ich möchte, dass sie reisen, die Welt sehen, offen sind.

Auch Frankreich? Du willst, dass sie Frankreich sehen?

Ja, natürlich. Ich möchte sehr gern, dass sie Frankreich sehen. Warum denn nicht?

Sollen sie, wenn sie wollen. Ich habe nichts dagegen, dass sie Frankreich sehen.

Das werden sie aber gar nicht wollen, wenn sie schon so anfangen.

Was anfangen?

Sie machen sich über den Akzent lustig. Sie finden alles Französische eingebildet und doof.

Zu Recht.

Das ist nicht komisch, Henry. Du findest das vielleicht komisch, aber sie verstehen diese Art Sarkasmus nicht. Dazu sind sie noch zu jung. Sie nehmen das ernst.

Es *ist* ernst.

Mit dir kann man nicht reden.

Eine lange Pause, ereignislos bis auf das unablässig sich kräuselnde schwarze Wasser, das ihnen beiden das Gefühl gibt, am Bug eines gewaltigen Schiffs zu sitzen, das keine Fahrt macht. Ein Prachttaucher treibt mitten auf dem See wie eine hölzerne Lockente, dann plötzlich taucht er nach einem Fisch, und silbrige Ringe zittern übers dunkle Wasser. Beide behalten sie die Ringe im Blick und warten darauf, dass der Prachttaucher wieder erscheint, sie zählen im Stillen die Sekunden: einundzwanzig, zweiundzwanzig, dreiundzwanzig… Das haben sie über die Jahre schon viele, viele Male getan, wissen aber nicht mehr, wie es zu diesem Ritual gekommen ist.

Soll ich dir eine Geschichte erzählen?

Bitte, warum nicht. Was wird es denn für eine Geschichte?

Die Geschichte, wie ich zu dieser abschätzigen Haltung gegenüber den Franzosen gekommen bin.

Oh, là là!

(Der Prachttaucher schwimmt auf wie ein Korken, aber beide haben vergessen weiterzuzählen.)

Ich war in Paris. Das war vor Jahren, in den Sechzigern, ich zog mit so einem Mädchen herum.

Welche deiner vielen kleinen Freundinnen war es denn?

Ist doch egal.

Die, die du in Woodstock im Teepee kennen gelernt hast, als du auf Speed warst?

Nein. Einfach irgendeine junge Frau, eine Zufallsbekanntschaft. Ich erinnere mich nicht.

O doch, du erinnerst dich. Du erinnerst dich an all deine Frauen.

Darf ich vielleicht einfach meine Geschichte erzählen?

Bitte. Ich bin ganz Ohr.

Eines Abends spät bin ich nochmal losgezogen.

Ohne das Mädchen?

Ja. Sie ist dageblieben. Sie wollte lesen oder so.

Sicher Proust.

Bitte?

›Auf der Suche nach der verlorenen Zeit‹?

Vergiss es. Ich dachte, die Geschichte interessiert dich vielleicht.

Tut sie ja. Ich versuche nur, mir ein Bild zu machen. Du wanderst also mitten in der Nacht durch die Straßen von Paris und lässt das Mädchen bei ihrem Proust. Und dann?

Also gut, pass auf. Zu der Zeit habe ich ja noch getrunken. Ich habe mich einfach durch die Straßen treiben lassen. Ich habe mich damals viel herumgetrieben.

Was wolltest du denn?

Nichts. Ich habe mich treiben lassen. Ich habe mich gern herumgetrieben.

Du wolltest Frauen aufreißen.

Ich hatte doch eine.

Du wolltest andere Frauen. Die eine reichte dir nicht. Du wolltest mehr.

Darf ich vielleicht einfach meine Geschichte erzählen, ohne dass wir vom Hundertsten ins Tausendste –

Also bitte, weiter. Ich wollte nur was klarstellen.

(Wieder eine Pause, während sie zusehen, wie eine Schmuckschildkröte den Hals zwischen Seerosenblättern vorreckt und Wasser durch ihre geschlitzten Nasenlöcher bläst.)

Ich hatte damals so romantische Vorstellungen von Paris als irgendwie letzte Bastion wahrer Schriftsteller. Du weißt schon, diese ganzen legendären Treffpunkte, wo man noch was vom Geist Blaise Cendrars' oder Vallejos oder Célines oder Villons atmete. Weißt schon; also wollte ich diese alten Schauplätze aufspüren: Bars und so – aber ich hatte keine Ahnung, wo, oder wie sie hießen, also bin ich immer wieder in Läden reingestolpert, die irgendwie alt und schäbig aussahen, und habe Pernod bestellt und herumgehangen und Leute beobachtet und gelauscht, aber weil ich ja kein Wort

Französisch konnte, wusste ich überhaupt nicht, was los war, und konnte auch niemanden fragen.

Regel Nummer eins: die Sprache. Immer die Sprache lernen.

Theoretisch. Mein Fall ist sie nicht. Spricht mich nicht an – dieser Klang, dieses ganze gutturale Getue. Das Spucken.

Spucken? Im Französischen wird nicht gespuckt. Französisch ist sehr präzise.

Auf jeden Fall habe ich das die ganze Nacht so getrieben, bin von einer Bar in die Nächste gezogen, überall habe ich was getrunken, bis ich schließlich so einen Schuppen fand, wo ein paar Leute Englisch sprachen. Der Barkeeper sprach Englisch, und es gab ein paar Frauen –

Ah, die Frauen! Du hast sie also gefunden.

Sie waren eher aus Skandinavien, aber sie konnten fließend Englisch, also habe ich mich mit ihnen unterhalten.

Warum nicht.

Jedenfalls war ich von den Drinks in den vielen Bars auf meiner Runde schon halb hinüber, als eine dieser skandinavischen Frauen rüberkommt und sich direkt neben mich setzt. So mir nichts, dir nichts. Da dachte ich, na ja, so funktioniert das wohl in Paris: Die Frauen kommen einfach und bandeln an. Jedenfalls bestellt sie gleich eine Flasche Wein und zwei Gläser. Billigverschnitt, das seh ich am Etikett, als sie mir einschenkt. Ich sage, danke, für mich nicht, weil ich doch bei Bourbon und Pernod bin, und ich hab zwar den Überblick verloren, aber ich weiß, dass mir Wein in meinem Zustand den Rest geben würde, also lehne ich ab. Aber sie besteht darauf, und sie hat so traurige Augen, also –

Oh, là là!

Was denn?

»Traurige Augen«?

Ja. Genau das. Irgendwie so müde und anrührend, obwohl sie ganz jung ist. Jedenfalls trinke ich ihren Wein, und wir kommen ins Gespräch. Stellt sich raus, dass sie ein Ex-Model ist, aber schon jenseits, an die dreißig oder so. Das ist alt für ein Model, scheints.

Ich dachte, ganz jung? Du hast doch gesagt, sie hätte traurige Augen gehabt, aber ganz jung.

Das dachte ich ja auch, aber ich habe mich geirrt. Ich war ziemlich abgefüllt.

Offenbar.

Also, sie fängt an zu erzählen und hört gar nicht mehr auf. Wahrscheinlich hat sie nur auf die Gelegenheit gewartet, bei irgendjemand mal ihre Geschichte loszuwerden. Pass auf: Sie erzählt mir, sie wäre eines Tages entdeckt worden, als sie in irgendeinem winzigen Kaff in Norwegen die staubige Landstraße runterradelt, um für ihre Mutter Brot zu besorgen. Da ist sie fünfzehn, sechzehn, und da steigt so ein schmieriger Typ im Edelzwirn aus seinem BMW und fragt, ob sie nicht Topmodel werden will. Das wars dann. Sie radelt zurück und erzählt es ihren Eltern, und die Mutter ist sauer, weil sie das Brot vergessen hat, während der Vater Geld wittert und den schmierigen Typen kennen lernen will. Ehe sie sich versehen, sitzen sie alle im Flieger nach Paris.

Die ganze Familie?

Na ja, sie ist minderjährig, da müssen die Eltern mit, um auf sie aufzupassen.

Aha.

Sie kommt also nach Paris und macht eine Blitzkarriere. Sie ist auf den Titelseiten internationaler Zeitschriften zu sehen, sie scheffelt nur so das Geld, sie reist nach New York, Rom, München, London, überallhin.

Mit den Eltern, immer noch?

Immer noch mit den Eltern. Stell dir das mal vor – sie kommen aus diesem Winzdorf im norwegischen Hinterland, ihr Vater ist Briefträger oder was, die Mutter ist in ihrem ganzen Leben noch nicht geflogen, und plötzlich werden sie alle in dieses Mode-Überholspurleben katapultiert, wo ihnen die Paparazzi nachstellen und die Agenturen sich um die Kleine reißen.

Kein Wunder, dass sie älter aussah, als sie war.

Bitte?

Kein Wunder, dass sie traurige Augen hatte.

Du sagst es. Jedenfalls – lange Rede: Nach drei oder vier Jahren von diesem Wahnsinn bringt sich der Vater um.

O nein!

Er wirft sich auf einer Bahama-Kreuzfahrt vom Schiff und wird nie wieder gesehen.

Mein Gott.

Im Jahr drauf bringt sich die Mutter um.

Hör auf.

Ist wahr. Erhängt sich im Ankleideraum der Hotelsuite. Dort findet sie die Tochter am nächsten Morgen.

Die Tochter.

Ja. Findet sie dort mit einem Bademantelgürtel um den Hals.

Wie alt ist sie jetzt?

Das Mädchen?

Ja. Die Tochter. Das Model.

Um die zwanzig, nehm ich an.

Zwanzig. Das ist immer noch jung. Und dann?

Sie kehrt nach Paris zurück und gerät an die Nadel.

Ist das eine wahre Geschichte?

Hat sie mir erzählt.

Und du hast ihr geglaubt?

Warum nicht?

Du glaubst aber auch alles – solange es einen Rock trägt.

Ach was, ich war viel zu betrunken, um darauf aus zu sein. Ich habe nur zugehört.

Und das ist Grund genug, die Franzosen zu verurteilen? Die irgendwie ein armes, unschuldiges junges Ding aus einem klitzekleinen norwegischen Dorf auf dem Gewissen haben? Das ist ein bisschen schwach.

Warte, ich bin ja noch nicht fertig.

Da kommt noch mehr?

Ja. Sie erzählt also ihre Geschichte, wendet den Kopf und fixiert mit einem tieftraurigen Blick die Weinflasche. Fast so, als hätte das Erzählen für sie alles wieder hochgeholt. Ich kann diese traurigen Augen schier nicht ertragen, und ich muss an das Mädchen im Hotel denken.

Die, die Proust liest?

Es war nicht Proust!

Ich mache doch nur Spaß.

Ich weiß nicht, was es war, aber es war nicht Proust!

Ist ja gut.

Nichts kann ich dir erzählen, ohne irgendwelche unterschwelligen –

Was? Unterschwelligen was?

(Beide verstummen. Eine Windbö peitscht einen kleinen Gischtkamm vor sich her – wie eine Miniaturflutwelle, die direkt auf sie zurollt. Keiner von beiden will wahrhaben, wie sehr sie das unversehens in Angst versetzt. Der Mann fährt mit seiner Geschichte fort, aber jetzt eher so, als spräche er mit sich selbst oder den Spiegelungen der Wattewolken, die über den See jagen.)

Plötzlich wollte ich ganz dringend wieder dort sein, bei ihr im Hotel, in Sicherheit. Ich weiß nicht, was es war. Eine Panikattacke oder so. Also bezahle ich meinen Drink – den Bourbon, den ich bestellt habe –, verabschiede mich von der Norwegerin und kämpfe mich zur Tür. Die Bar ist so ein Souterrainding mit einer schmalen Treppe, die nach oben auf die Straße führt, ein bisschen wie ein Verlies. Ich wanke also in meinem schwer angeschlagenen Zustand so gut es geht die Stufen hinauf, muss mich an den Wänden abstützen und merke, dass ich viel betrunkener bin, als ich dachte – was die Panik nur schlimmer macht. Ich sehe mich nämlich jetzt in einer Art französischen Minihölle mit Guillotinen und blutüberströmten Wänden, und plötzlich tauchen aus dem Nichts zwei Froschschenkelfresser hinter mir auf, muskelbepackte Schlägertypen, Rausschmeißer in schwarzen Rollkragen mit Goldkettchen, die aussehen wie direkt aus einem Belmondo-Film. Sie brüllen mich auf Französisch an, was ich ja nicht verstehe, und einer drängelt sich an mir vorbei und stellt sich mir in den Weg, während der hinter mir mich am Kragen packt.

Was wollten sie denn?

Pass auf: Der, der mir den Weg versperrt, kapiert schließlich, dass ich Amerikaner bin, und erklärt mir in gebrochenem Englisch – saumäßigem Englisch –, dass ich ihnen fünfzig Dollar oder was schulde für die Flasche Billigwein. »Wieso Wein?«, sage ich. »Ich habe Bourbon getrunken.« Da dämmert mir plötzlich, trotz Vollrausch, dass die Norwegerin anschafft, dass sie mich reingelegt hat und mir den überteuerten Wein unterjubeln will.

Das heißt, ihre ganze Geschichte war – erfunden?

Das reinste Märchen. Und da bin ich ausgerastet. Mich hat ein heiliger amerikanischer Zorn gepackt, dass mich dieses Froschfresserpack reingelegt hat.

Aber sie war doch Norwegerin.

Sie steckte mit denen unter einer Decke! Und ich denke nicht daran, fünfzig Dollar für eine Flasche Pisswein zu bezahlen, den ich nicht bestellt habe. Ich habe sowieso keine fünfzig Dollar, und irgendwie dreh ich durch. Ich reiße mich aus dem eisernen Nackengriff los und fange an zu toben, schreie, spucke, verhöhne sie, schimpfe sie Feiglinge und fordere beide auf, sich oben auf der Straße mit mir zu schlagen. Verstehst du, ich konnte mich kaum auf den Beinen halten, geschweige denn austeilen. Ich musste ein Auge zukneifen, um sie überhaupt halbwegs sehen zu können, und ich geifere und schäume vor mich hin.

Reizend. Da waren die Franzosen sicher tief beeindruckt.

Tja. Trotz des Suffs und dem einen verschwiemelten Auge sehe ich, dass die beiden eine Heidenangst vor mir haben.

Wahnsinn ist immer beängstigend.

Hm. Ich konnte es an ihren Augen sehen. Sie dachten, sie sind an einen Psychopathen geraten. Das macht mich erst recht rasend. Ich keife und zerreiße mir das Hemd, hämmere mit den Fäusten gegen die Wand –

Hattest du damals vielleicht ernste Probleme?

Nein – oder nicht mehr als sonst. Mich hat die ganze Sache einfach empört.

Und seitdem hegst du einen Groll gegen die Franzosen?

Kann man so sagen, ja.

Wegen dieses einen belanglosen Vorfalls verurteilst du eine gesamte Kultur?

Irgendwie schon. Damals war das nicht so belanglos.

Findest du das nicht ziemlich kleinkariert? Besonders in Anbetracht der Tatsache, dass du sternhagelvoll warst, die Sprache nicht konntest und dich ohnehin nicht auf ein Gespräch mit einer Nutte hättest einlassen dürfen?

Ich hatte doch keine Ahnung, dass sie Nutte ist! Ich habe ihr geglaubt.

Und unterdessen wartet im Hotel ein unschuldiges junges Ding auf dich, liest Proust und glaubt, dass du noch ein bisschen durch die Straßen von Paris flanierst.

Es war nicht Proust, verdammtnochmal! Es war nicht Proust! Es hatte mit Proust nicht das Geringste zu tun. Warum reitest du ständig darauf herum! Was zum Teufel ist überhaupt los mit dir! Es war verdammtnochmal nicht Proust!

(Der Mann ist im Zorn aufgesprungen. Sein Ausbruch ist so heftig, dass der ganze Aluminiumsteg unter ihnen bebt und wackelt. Er muss sich an einer der senkrechten Stangen festhalten. Die Frau sitzt einfach da, den Blick jetzt wieder auf den Prachttaucher geheftet, hochzufrieden, was sie da in ihm losgetreten hat. Auf dem Hügel hinter ihnen geht die Fliegengittertür der Blockhütte auf und klappt mit einem weithin tragenden Knall zu, der den Prachttaucher in die Tiefe schickt. Das Paar dreht sich gleichzeitig um und sieht den neunjährigen Sohn mit einer Schale Flocken heraustreten und in die Sonne blinzeln. Die Frau winkt dem Jungen. Der Mann nicht. Der Junge winkt zurück, und dabei entgleitet ihm die Schale mit den Flocken und fällt auf die Steinplatten. Die Schale ist zerdeppert. Der Löffel scheppert. Milch spritzt. Der Junge läuft ins Haus zurück. Einen Augenblick später spricht die Frau.)

Ich sollte lieber raufschauen.

Nein, warte.

(Der Mann setzt sich wieder auf seinen orangeroten Campingstuhl. Seine Knie sind schwach. Seine Hände zittern. Ihm ist, als habe er seinem Nervensystem ernsten Schaden zugefügt. Ihm ist zumute wie bei Scham, aber so will er das Gefühl nicht nennen. Er wollte doch nur eine Geschichte erzählen. Er sieht sich getäuscht. Hinter ihnen auf dem Hügel klappt die Fliegengittertür erneut. Sie drehen sich beide um, und beide haben sie das Gefühl, schlagartig gealtert zu sein. Ihre Nacken sind steifer. Ihre Oberkörper bewegen sich ruckend, statt mit der geschmeidigen Anmut von einst. Das Gefühl zieht Kreise zu Erinnerungen an Nacktbaden in diesem selben See, als sie kaum voneinander lassen konnten und ihre Körper glatt und glänzend waren wie die der jungen Otter, die mit ihnen das Wasser teilten. Der Mann wendet sich der Frau zu und sieht ihren Hals, die unter dem gelben Bademantel übereinander geschlagenen Beine, den ungeminderten Glanz ihrer Schönheit. Er streckt die Hand aus und berührt ihr Knie. Sie stößt einen kleinen

Seufzer aus und legt ihre Hand leicht über seine. »Sie hat mir verziehen«, denkt er. Aber die warmen braunen Augen der Frau ruhen auf der Tochter oben vor der Blockhütte. Die Frau winkt und ruft, und als sie es tut, zuckt in der Brust des Mannes Eifersucht auf wie ein elektrischer Schlag.)

Hallo, Schatz!

(Die Tochter winkt auch. Sie scheint von der Sonne auf dem Wasser geblendet. Sie verschränkt die Arme vor der Brust, als fröstele sie plötzlich, stakst über die zerbrochene Schale hinweg und kommt den steingefliesten Weg zu ihren Eltern herunter. Der Mann nimmt die Hand vom Knie seiner Frau.)

Ein müdes Mädchen.

Mager.

Ja. Eine Bohnenstange.

(Die Hunde springen der Tochter freudig entgegen, aber sie weicht ihnen aus und geht weiter, die Arme immer noch vor der Brust verschränkt. Ihre Mundwinkel zeigen nach unten, und sie wehrt die Hunde mit gelegentlichen Hüftdrehungen ab.)

Sie ist ein Morgenmuffel.

Eine Bohnenstange und ein Morgenmuffel.

Hallo, Schatz!

(Die Tochter brummt etwas zur Begrüßung, geht schnurstracks über den Steg zu ihrem Vater und setzt sich auf seinen Schoß. Er küsst ihren Nacken. Sie hakt ihm einen Arm um die Schulter. Die Frau spricht.)

Was ist mit deinem Bruder?

Der heult.

Warum heult er denn?

Keine Ahnung. Der heult doch immer.

Er heult nicht immer.

Fast immer. Wer hat eigentlich die Schale da oben zerbrochen?

Dein Bruder.

Ach so.

Wahrscheinlich heult er deswegen.

(Die Frau kippt ihren Rest kalten Kaffee in den See und schüttelt den Becher aus. Sie steht auf und zieht den Gürtel ihres Bademantels fest. Sie blickt den Hügel hinauf zur Blockhütte.)

Ich seh mal lieber nach ihm. Scheint einen schlechten Tag erwischt zu haben.

Das wird schon wieder werden.

Ich komme gleich wieder. Möchtest du noch Kaffee?

Danke nein.

(Die Frau geht. Die Hunde folgen ihr und scharwenzeln ihr den ganzen Weg hinauf um die Beine. Die Tochter bettet den Kopf an die Brust ihres Vater. Sie blickt aufs flache dunkle Wasser hinaus,

die Stelle, wo der Kaffee ihrer Mutter langsam als hellbraune Wolke versinkt. Sie spricht mit verträumtem Blick.)

Warum heult er immer, Dad?

Weiß nicht. Heult er denn wirklich so viel?

Ich finde, er heult ständig. Er heult wegen jeder Kleinigkeit.

Das wird schon werden.

(Wieder eine lange Pause. Ein Frosch hüpft im Schilf. Die Tochter schließt die Augen, als wollte sie weiterschlafen.)

Dad, müssen wir wirklich nach Frankreich?

Frankreich? Wer sagt was von Frankreich?

Mom. Mom sagt, wir fahren nach Frankreich.

(Die Fliegengittertür geht auf und klappt zu, als die Frau in der Blockhütte verschwindet. Der Prachttaucher bricht mit einem kleinen, zappelnden silbernen Fisch im Schnabel durchs Wasser. Keiner sieht es. Der Mann streicht seiner Tochter sanft übers Haar. Plötzlich drängt es ihn aufzustehen, aber das Gewicht seiner Tochter hält ihn.)

Augenblick, Schatz. Ich komme gleich wieder, ja?

Was ist?

Nichts ist. Ich muss nur mal eben mit deiner Mutter reden. Ich komme gleich wieder. Warte hier.

Warum läufst du denn weg?

Ich komme gleich wieder.

(Er lässt seine Tochter allein auf dem orangeroten Campingstuhl zurück und sprintet über die Steinplatten zur Blockhütte hoch. Sein Herz rast. Ihn packt eine Urangst, die er nicht versteht. Die Fliegengittertür klappt hinter ihm zu, als er in die Küche tritt. Seine Frau steht mit dem Rücken zu ihm am Tisch und streicht ihrem Sohn übers Haar. Der Junge sitzt am Tisch und macht sich über eine neue Schale Frückstücksflocken her. Sie wendet sich ihrem Mann zu, streicht ihrem Sohn aber weiter übers weiche Haar. Der Mann geht zu ihr hin und fasst sie um die Taille. Sie schmiegt sich an ihn, sie umarmen sich. Sie küssen sich lange, lang und tief wie früher, ehe es die Kinder gab. Der Junge mampft seine Flocken, er sieht nicht hoch. Er weint nicht mehr. Das Knuspern der Cheerios ist das einzige Geräusch. Dann das Klackern des Löffels in der Schale. Der Mann und die Frau hören auf, sich zu küssen. Er spricht.)

Fahr nicht nach Frankreich, sagt er.

Konvulsion

Wenn sie mich doch bloß sehen könnte, dann würde sie mich bestimmt lieben, oder. Ganz bestimmt. Wie denn nicht? Seht doch. Seht doch nur. Wie ich dran bin. Wenn sie mich bloß so sehen könnte – wie ich hier auf sie warte, viel zu früh da bin, lange vor der Zeit, Ausschau halte auf Schritt und Tritt. Sie würde sehen, wie ich fiebre. Sie würde die Verzweiflung in meiner Brust sehen. Wenn sie mich doch jetzt sehen könnte, von weitem, ohne dass ich es weiß, dann würde sie mich sehen, wie ich wirklich bin. Wie sollte sie da nicht etwas für mich empfinden? Etwas wie – aber wer weiß. Vielleicht ist, also, vielleicht gibt es da eine Aversion bei so was. Wie so was kommt, weiß ich nicht genau, aber... vielleicht gibt es... eine Aversion, wenn jemand so fiebert, so sehr Bedürfnis ist, so bedürftig. Ich weiß nicht. Eine... Konvulsion. Nein, das ist – das ist es nicht. Das ist nicht einmal ein Wort, oder, »Konvulsion«? Wenn sie sich nur an das Mal erinnern könnte, wann war das – das eine Mal damals in Knoxville, als wir uns im Zug geküsst haben, unseren langen, langen Kuss – zum Abschied –, und der Zug plötzlich vom Bahnhof losfuhr, ich aber gar nicht mit ihr mitfahren sollte, deshalb doch der Abschied, weil wir dachten, wir sehen uns lange, lange nicht mehr, und wir lagen uns – küssten und küssten uns, und plötzlich bewegt sich der Zug, und ich konnte unmöglich mehr aussteigen. Bäume und Häuser flogen vorbei. Also haben sie mich am nächsten Bahnhof rausgesetzt, Meilen weiter, und da stand ich dann, musste Stunden auf den nächsten Zug zurück warten – wenn sie mich damals hätte sehen können, wie ich da einfach stand und wartete, könnte sie – sie könnte gar nicht anders als mich lieben. Wie sollte sie da nicht etwas – ich weiß nicht. Ich weiß nicht mehr, wie so was zustande kommt – so eine Verbindung. Wenn es je eine gab.

Eine unfaire Frage

Ich hatte mich angeboten, irgendwo noch Basilikum für die Party aufzutreiben. Meine Frau hielt mir ostentativ die letzten Stängel unter die Nase, damit ich mir das unverwechselbare Aroma einpräge, Form und Farbe der Blätter, als könnte ich sonst Minze oder Kresse erwischen. »Frisches Basilikum. Es muss frisches sein«, betonte sie. »Bei Rainbow Foods haben sie welches, glaub ich. Die sind wahrscheinlich die Einzigen, wo du es am Sonntag bekommst.« Mit einem Lächeln warf sie sich wieder ins Getümmel der weiblichen Verwandten, die Knoblauch hackten, Reis kochten, mit Töpfen und Pfannen klapperten. Ich war froh um den Vorwand, wegzukommen und der Hektik eintreffender Gäste zu entrinnen. Ich weiß nicht einmal mehr, was da so groß gefeiert wurde. Es war kein Todesfall und keine Hochzeit. So viel weiß ich noch.

Ich freute mich auf die ungestörte Fahrt, die lange Steigung hinauf zu Rainbow Foods, dem 24-Stunden-Supermarkt am Ortsrand in einem dieser Einkaufszentren aus den frühen Sechzigern, die nach der Errichtung neuer, günstiger gelegener Malls brachliegen. Ich mochte die breiten, ahornbeschatteten, für den mittleren Westen so typischen Straßen, wo die Geschwindigkeitsbegrenzung von fünfundzwanzig Meilen hingenommen wurde wie Teil des lutherischen Glaubens, und wo dir, wenn du die Frechheit besaßt zu überholen, heftig hinterhergehupt, aber selten der Finger gezeigt wurde. In Minnesota neigen Fußgänger dazu, dir ungeniert ins fahrende Auto zu stieren und jeden Zoll deines Gesichts zu mustern, als triebe sie eine geradezu verzweifelte Hoffnung, was zu finden – Aufschluss in den Augen eines Fremden. Was suchen sie bloß? Ich kenne keinen anderen Landstrich, wo sie dir so entgeistert ins Auto glotzen. Vielleicht liegt es daran, dass sie zu viele lange Winter und weihnachtliche Lutefisk-Essen in Kirchengemeindesälen über sich ergehen lassen mussten.

Ich parkte auf dem gigantischen, fast leeren Parkplatz rings um Rainbow Foods, einem einstmals sicher sehr viel versprechenden Parkplatz. Jetzt standen dort Seite an Seite nur drei armselige Rostlauben, wahrscheinlich die Wagen der Angestellten, so richtige Minnesota-Gurken, rostzerfressene Veteranen bitterer Blizzards und salzgestreuter Straßen. Ein junger Typ mit einer langen grünen Schürze und nach hinten gedrehter Baseballmütze bändigte eine sich schlängelnde Kolonne Einkaufswagen Richtung Rainbow Foods und automatische Türen. Ich stellte den Motor ab und beobachtete, wie der Typ seinen waffeldünnen Körper gegen das Gewicht der Wagen warf und sie an den vielen, verödeten Pleiteläden vorbeizwang: am Pet Palace, an Nora's Nails, dem 24-Stunden-Fotoservice. Sämtliche Schaufenster waren halb hoch mit braunem Packpapier abgedeckt, wahrscheinlich, damit den Leuten der Anblick der vielen Leere erspart blieb. Ich stieg aus und drückte die Taste meiner Funkfernbedienung. Das ist eine Manier, die ich bei anderen Fahrern lange verachtet habe, aber inzwischen ertappe ich mich nicht nur selbst dabei, sondern genieße sogar das Gefühl entrückter Autorität. Ich genieße besonders, wenn der Wagen einem biepend und blinkend bestätigt, dass alles sicher verriegelt ist. Ich stand dort lange mit dem Gesicht zur Wagentür auf dem fast leeren Parklatz und drückte wieder und wieder die Taste, sah die Blinkleuchten blinken und lauschte dem Hupsignal, bis ich merkte, dass der Typ mit den Einkaufswagen stehen geblieben war und glotzte, als hielte er mich für gefährlich. Ich grinste und richtete meine Funkverriegelung auf ihn. Sofort floh er mit seiner Wagenkolonne Richtung Rainbow-Eingang. Ein unerwartet großartiges Gefühl der Freiheit und Vereinzelung durchströmte mich. Ich sah in das tiefgraue Wolkenband vor der untergehenden Sonne. Der Präriewind peitschte ein Fahnenseil gegen den hohen Aluminiummast, es patschte rhythmisch, während oben die riesige amerikanische Fahne knatterte und fauchte, als wollte sie sich selbst in den Arsch beißen. Ein Gänse-V glitt lautlos am langen, silbernen Schelf der Wolken vorbei, ein dunkler Schatten vor dem Sonnenuntergang. Normalerweise machen sie dieses hysterisch trompetende Gezeter, als flehten sie eine fremde Macht an, sie heil wieder auf die Erde zu bringen, aber diese Gänse waren vollkommen stumm. Ich hörte nicht einmal das Knallen der Flügelschläge, als sie oben vorbeizogen.

Ich trat durch die automatischen Türen, und die klimatisierte Kälte traf mich mit voller Wucht. In dem ganzen Laden war kein Mensch, außer dem jungen Typen mit der grünen Schürze, der gerade Karotten und Bok Choy mit einem Sprühgerät einnebelte. Er sah mich nicht. Ich suchte nach Basilikum. Es gab kein Basilikum. Es gab Spinat und Petersilie und Rüben und Endiviensalat und Sellerie, aber kein Basilikum. Ich drehte noch mal eine Extrarunde vor den Stiegen mit dem perlenden bunten Gemüse und wünschte mir, ich würde an einen der Orte versetzt, wo sie herkommen, Gilroy in Kalifornien zum Beispiel – »Hauptstadt des Knoblauchs«. Ich ging zu dem jungen Typen mit der Schürze hinüber. Er wedelte jetzt mit seinem Sprühstab über die Pastinaken. Der feine Nebel benetzte mein Gesicht und erfüllte mich mit einem tiefen Glücksgefühl. Ich weiß nicht, warum. Schierem Glück. »Haben Sie vielleicht Basilikum?«, fragte ich den jungen Typen. Er drehte sich um, sah mich mit leerem Blick an und wedelte weiter. Nebel stieg zwischen uns auf.

»Basilikum, was ist das?«, fragte er.

»Grün, spitz-ovale Blätter – unverwechselbares Aroma. Sieht aus wie Minze oder Brunnenkresse, ist es aber nicht.«

»Nie gehört«, sagte er. Ich ließ ihn dort mit seinem Stab zurück. Ich spürte seine Augen im Rücken. Er war in dem gähnend leeren Supermarkt mit mir ganz allein, und ich hätte ja sonst wer sein können. Ein Irrer vielleicht – auf der Jagd nach Basilikum. Ich gabs auf.

Daheim ist die Party inzwischen voll in Gang. Am Einfahrtstor hängen Luftballons. Die Hunde haben sie in die Garage gesperrt, sie winseln und kratzen verzweifelt am Tor. Warum sie so auf menschliche Zuwendung versessen sind, ist mir ein Rätsel. Draußen auf dem Rasen irren die ersten Leute mit vorgehaltenen Drinks, Papptellern, Servietten herum. Man sieht gleich, wer die Partytechnik des Umgangs mit Tellern und Drinks beherrscht und wer sich ungeschickt anstellt. Ein Paar lächelt mich an, aber ich kenne sie nicht. Ich schlüpfe zum Hintereingang hinein und bahne mir durchs fröhliche Gedränge einen Weg in die Küche. »Kein Basilikum!«, melde ich ganz allgemein den Frauen, die jetzt mit Brot und Pies befasst sind.

»Macht nichts, nicht mehr nötig«, sagt eine, und hält mir einen großen Holzlöffel grüne Pastasoße aus dem Mixer hin.

»Schmeckt doch genauso wie Basilikum«, sage ich.

»Es *ist* Basilikum«, meint eine prustend.

»Ach, dann habt ihr gar kein Basilikum gebraucht?«

»Letztlich nicht. Irgendwo hat sich doch noch welches gefunden.«

»Na, prima«, sage ich. Langsam erkenne ich ein paar Gesichter wieder, weiß aber die dazugehörigen Namen nicht. Verwandte meiner Frau. Ländliche Gesichter. Manche wissen sich in Gesellschaft noch weniger zu bewegen als ich. Ich fühle mich diesen wettergegerbten Männern des Nordens mit ihren grobknochigen Pranken und sanften, eisblauen Augen seltsam verbunden. Das heißt aber nicht, dass es deshalb leichter wäre, mit ihnen zu reden. Es ist eine Frau aus New York da, die in ihrem kompromisslos schwarzen Abschreck-Outfit mit den Springerstiefeln und dem kurz geschorenen, ebenfalls schwarzen Haar rausstícht zwischen den ganzen Menschen aus dem mittleren Westen. Sie hat einen gequälten, verwunderten Geschichtsausdruck, so als mache sie schon viel zu lange Therapie. Sie erzählt endlos davon, wie sie sich in ihrem Mietwagen auf dem Weg vom Flughafen St. Paul in Minneapolis hierher verfranst hat. Sie kann es nicht lassen, andere in ihre kleinen Pannen zu verwickeln und daraus Riesendramen zu machen.

Schließlich erkenne ich eine Frau aus Montana wieder, eine Freundin der Schwester meiner Frau, mit der ich mich eigentlich immer ganz gut habe unterhalten können, hauptsächlich deshalb, weil sie ausspricht, was immer ihr gerade in den Sinn kommt, von Shakespeare bis Christmaspudding. Sie findet alles »faszinierend« und »wunderbar«. Ich steuere sie an, in der Hoffnung, sie als Gesprächspartnerin gewinnen zu können, ehe mir jemand zuvorkommt, und siehe da, im nächsten Moment will sie von mir alles Mögliche über Schusswaffen wissen – nicht gerade mein Lieblingsthema, aber immer noch besser als Bush-Schelte oder Tiger-Woods-Schleimerei, die Themen des Abends, wie es scheint. Ihr bereitet eine Serie von Überfällen auf alleinstehende Frauen in der Gegend von St. Paul Sorgen, wo sie gerade hingezogen ist, und sie fragt sich, ob es nicht an der Zeit ist, sich eine Handfeuerwaffe zuzulegen. Mir ist schwer begreiflich, wie es jemand fertig bringen kann, in St. Paul überfallen zu werden, aber was weiß ich schon. Ich meide die Städte. Ich versuche, der Frau aus Montana die ganze Waffenidee auszureden, indem ich den üblichen Einwand bringe, nämlich dass jede Waffe gegen sie selbst gewandt werden kann. Ich empfehle ihr stattdessen für den Hausgebrauch eine einläufige Schrotflinte Kaliber 0.410, nur für den Fall, dass ihr irgendein Idiot mal nachschleicht und die Tür eintritt. »Mit einer 410er können Sie Ihr Ziel gar nicht verfehlen«, sage ich ihr. »Sie ist leicht. Sie ist schnell. Und Sie können aus der Hüfte schießen.« Sie schmunzelt. Ihr gefällt die Wildwest-Konnotation. Sie fragt, ob ich eine habe, und ich sage, ja, aber ich verkaufe nicht. Sie fragt, ob sie sie sich mal ansehen kann, damit sie wenigstens eine Vorstellung hat, wie eine 410er aussieht. »Sie sind alle noch unten im Keller in einer großen Versandkiste«, sage ich ihr. »Ich habe sie seit unserem Umzug von Virginia nicht einmal ausgepackt.«

»Ach, dann kann ich sie nicht sehen?«, meint sie und tut ganz enttäuscht. Ich staune, wie schnell ihr so viel an einer 410er liegen kann.

»Na ja, wir können ja mal runtergehen. Ich kann ja mal sehen, ob ich sie ausgraben kann.«

»Ach, würden Sie das tun? Das wäre großartig!« Wir brechen auf Richtung Keller, winden uns durch die Massen in der Küche, mittlerweile lauter weibliche Teenager, Freundinnen meiner Tochter: Gepunkteten Bandanas und Birkenstocksandalen – sehr sportlich, braun gebrannt, Mädchen, die sich von den Kerlen nichts gefallen lassen. Meine Tochter tätschelt mir freundlich den Kopf, als wir uns durchschieben. Das erinnert mich daran, dass ich Vater bin, und zugleich werde ich dadurch irgendwie ein bisschen Kind.

Fünf Jahre habe ich die mannshohe Holzkiste mit den Flinten und Büchsen nicht mehr gesehen. Das Jagen habe ich aufgegeben, seit wir hergezogen sind, hauptsächlich deshalb, weil es im Mittleren Westen verboten ist, Hirsche mit der Büchse zu jagen, und ich schon die Vorstellung hirnverbrannt finde, ein Tier mit einer Schrotladung zu verkrüppeln, das sich dann in den Wald schleppt und langsam verblutet. Ich entdecke die Kiste in einer dunklen, vermoderten Ecke hinter dem Heizkessel und wühle zwischen den langen, schweren Läufen in ihren dicken, mit Kreppband verklebten Packpapierlagen. Die Frau aus Montana steht schwer atmend direkt hinter mir. »Sie können sie schon am Gefühl unterscheiden?«, fragt sie.

»Na ja, die 410er hat einen sehr dünnen Lauf, fast wie eine 22er. Sehr leicht. Dünner als eine 20er«, sage ich ihr.

»Das heißt, Sie erkennen die ganzen Gewehre da drin allein am Lauf? Das ist ja unglaublich!«, meint sie.

»Nicht unbedingt«, sage ich. »Das hier zum Beispiel: Da weiß ich am Zielfernrohr, dass es eine Büchse Kaliber 0.270 ist. Sehen Sie?« Sie fasst ängstlich an die Beule unter dem Papier.

»Ach so«, sagt sie. »Verstehe. Und die 410er hat kein Zielfernrohr?«

»Genau. Die 410er ist eine Schrotflinte. Eine leichte Schrotflinte. Das hier ist eine Büchse.«

»Ach, das ist ein Unterschied?«, meint sie.

Plötzlich fühle ich mich verarscht. Oben kommt die Party jetzt richtig in Schwung, und die Kids haben Moby voll aufgedreht, und es gibt plötzlich ein aufbrausendes Stimmengewirr, weil alle gleichzeitig reden und lauthals versuchen, den Musikschwall zu übertönen, und irgendetwas ist offenbar so komisch, dass es klingt, als würde ein Studiopublikum auf ein Handzeichen in Lachen ausbrechen. Was habe ich hier unten verloren? Endlich finde ich die dünne 410er, schäle das Papier ab und hebe sie aus der Versandkiste.

»Ach, sieht aus wie ein Spielzeug!«, sagt sie und weicht ein paar Schritte zurück, während ich die Flinte breche und mich vergewissere, dass sie nicht geladen ist. »Darf ich mal?«, fragt sie.

»Klar«, sage ich und reiche ihr die Flinte, deren Lauf ich mit einem Knacken wieder schließe. Sie legt das Ding so ungeschickt an, dass ich mich frage, ob sie Montana jemals auch nur von weitem gesehen hat. Sie kneift ein Auge fest zu, was man bei einer Schrotflinte gar nicht muss, und richtet den Lauf auf die Waschmaschine.

»Haben Sie damit schon getötet?«, fragt sie fast wehmütig.

»Ja. Ja, das habe ich«, sage ich.

»Tatsächlich? Was haben Sie damit getötet?«, fragt sie und schwenkt den Lauf wild rüber zum Boiler.

»Schädlinge«, sage ich. »Überwiegend.«

»Schädlinge? Ach. Was denn für Schädlinge?«, fragt sie.

»Ratten, Vögel, Schlangen.«

»Vögel? Vögel sind doch keine Schädlinge«, sagt sie und öffnet das Auge. Ihr Blick wirkt verschleiert.

»Stare schon«, sage ich.

»Stare?«

»Ja, Stare.«

»Aber sind das nicht so unschuldige Vögel, die man im Garten hat?«, sagt sie. Jetzt zielt sie auf die nackten Glühbirnen an der Decke, tut so, als drückte sie ab, und macht kleine Ballergeräusche. Aus unerfindlichen Gründen finde ich das sehr beunruhigend.

»Nein«, sage ich, »Stare sind widerliche, stinkende Vögel. Kennen Sie das mit den Staren nicht? In Virginia hatten wir manchmal Ausbrüche.«

»Ausbrüche?« Sie gluckst.

»Genau das. Ausbrüche. Anders kann man das nicht nennen – Star-Ausbrüche. Sie haben in den Schornsteinen genistet, und im Frühjahr sind die Jungen geschlüpft. Die Jungen sind ins Schlafzimmer runtergeflattert und haben die Teppiche und Gardinen und Bettüberwürfe zugeschissen.«

»Warum sollten sie ins Schlafzimmer fliegen?«, fragt sie, den Schaft der Schrotflinte fest an den Kiefer gepresst.

»Bitte?«, sage ich.

»Warum sollten die Starjungen ins Schlafzimmer runterfliegen statt zum Schornstein raus ins Freie?«

»Weil Vogeljungen, wenn sie schlüpfen, meist fallen, ehe sie fliegen. Haben Sie das in Montana nie gesehen?«

»Wo?«, sagt sie.

»Montana. Sagten Sie nicht, Sie kämen aus Montana?«

»Ach so, ja, Montana. Richtig. Aber ich hab dort nie Vogeljunge fallen sehen.«

»Vielleicht haben Sie nicht so auf die Jahreszeiten geachtet«, sage ich.

»Und da mussten Sie diese kleinen Starjungen in Virginia tatsächlich erschießen, weil Sie in Ihr Schlafzimmer gefallen sind und Dreck gemacht haben?«

»Ja.«

»Hätten Sie nicht einfach ein Fenster aufmachen und sie rausfliegen lassen können?«

»Stare sind sehr blöde Vögel«, sage ich ihr.

»Sie sind nicht rausgeflogen?«

»Sie sagen es. Sie sind gegen die Fenster geflogen und auf dem Fußboden herumgeflattert, haben alles mit ihrem Blut vollgesaut und ohrenbetäubend gefiept.«

»Hätten Sie sie nicht einfach mit einem Besen raususchen können oder so?«

»Nein. Nein, ich hätte sie nicht einfach mit einem Besen ›raushuschen‹ können.«

»Warum denn nicht?«

»Weil ich sie sterben sehen wollte! Darum. Ich wollte sie an der Kolonialzeit-Tapete und an den bestickten Vorhängen zerplatzen sehen. Ich wollte ihre kleinen flaumigen Federchen durch die verstaubte Südstaatenluft flattern sehen.«

»Das ist ja grauenvoll!«, sagt sie. »Sie haben sie einfach abgeknallt?«

»Ja. Ich habe auf dem Bett gelegen, die 410er auf den Knien, habe mich mit Rotwein voll laufen lassen und Camels geraucht und gewartet.«

»Unschuldige Vogelbabys?« Sie blitzt mich auf so eine

Greenpeace-Art an, als könne sie kaum fassen, wie sehr sie sich in mir getäuscht hat.

»Ja. Ich habe manchmal Stunden auf der Lauer gelegen und italienischen Rotwein getrunken und oben im Schornstein ihr gottverdammtes Gefiepe gehört, was bedeutete, dass ihre blöde Mutter sie füttern kam. Da wurden sie ganz wild und kreischig. Bis endlich mal eines in den Kamin runterplumpste und panisch in der Asche ruderte.«

»Wie entsetzlich«, sagt sie. »Und Sie haben da einfach gelegen und dem armen kleinen Ding zugesehen? Ohne auch nur die leisesten Anstalten zu machen zu helfen?«

»Helfen? Ich wollte töten! Warum sollte ich helfen?«

»Weil – weil es doch das ist, was man – Jeder anständige Mensch –« Sie regt sich so auf, dass sie nicht weitersprechen kann.

»Ich habe dagelegen und zugesehen, wie es mit den nackten Flügeln schlägt und im Kreis in der Asche herumflatscht, bis es endlich auf den Teppich plumpste. Dort blieb es eine Weile liegen, japste nach Luft und besah sich alles mit seinem hässlichen kleinen gelben Auge, fragte sich, wo es da zum Teufel bloß hingeraten war und was denn aus dem bequemen Nest und seinen vielen kleinen Brüdern und Schwestern geworden war, und irgendwann war es dann so weit bei Kräften, dass es sich auf seine wackligen Hühnerbeinchen hochstemmte und aufflog, nur um gleich wieder abzustürzen.«

»Das ist ja grauenhaft! Das ist doch alles erfunden«, sagt sie, legt die 410er auf die Waschmaschine und wendet sich ab, als wolle sie wieder nach oben zur Party, aber jetzt verstelle ich ihr den Weg.

»Es machte mit seinen elenden Crashtests weiter, rauf, runter, rauf, runter, bis –«

»Ich möchte wirklich nichts mehr davon hören«, sagt sie, und will sich an mir vorbeischieben.

»Bis es schließlich mit einer letzten, gewaltigen Anstrengung unter die Decke schoss, wild herumflatterte und irgendwo Halt suchte, irgendwas, um den Fall abzubrechen – und das war dann meist einer unserer Vorhänge.«

»Unserer?«, sagt sie. »Ach, Sie haben dort also mit jemand zusammengelebt? Sie waren nicht allein?« Die Vorstellung scheint sie zu erleichtern.

»Ich war allein«, sage ich. »Ich habe italienischen Rotwein getrunken, und ich war ausgesprochen allein!«

»Ach«, sagt sie. »Ich glaube, ich gehe mal wieder nach oben und schaue, ob –« Mit ein, zwei Schritten bin ich an der Waschmaschine und packe die Flinte. Breche sie.

»Was machen Sie?«, fragt sie. Ich wühle in der Versandkiste, suche die richtigen Patronen und rede dabei die ganze Zeit weiter, erzähle ihr die Stargeschichte in einem unaufgeregt sonoren Filmkommentarton. Wie von Robert Stack.

»Ich beobachte das blöde Vieh. Ich behalte es die ganze Zeit im Auge. Es hängt oben auf der Gardinenstange, Lungen und Herz pumpen wie verrückt. Es krallt sich mit letzter Kraft fest. Ich habe inzwischen ungefähr zwei Flaschen intus. Brunello di Montalcino. Im Eichenfass gelagert. Kennen Sie den?«, frage ich sie.

»Ich trinke keinen Wein«, sagt sie, und ihr Gesicht ist bitterernst und aschfahl. Ich finde endlich die grüne Schachtel mit den kleinen 410er Patronen und öffne sie. Ich nehme eine, lasse sie ins offenen Lager gleiten und schließe den Lauf.

»Verstehen Sie, ich war damals unglücklich. Ich war sehr unglücklich, und mit dem Zeug ging es mir besser. Nicht gut, aber so, dass ich mit mir leben konnte. Verstehen Sie, was ich meine? Können Sie mir folgen?« Sie nickt. »Ich konnte damit leben, sturzbetrunken ganz allein am Arsch der Welt mit einer 410er auf dem Schoß dazuliegen und den Zikaden zu lauschen, Kette zu rauchen und bis drei Uhr morgens Stare von den Vorhängen in meinem Schlafzimmer zu schießen. Ich hätte es nie für möglich gehalten, das können

Sie mir glauben. Ich habe es nicht kommen sehen. Genauso wenig wie das hier – wie das jetzt.«

»Was meinen Sie?«, sagt sie.

»Das hier. Wer hätte das hier schon für möglich gehalten. Dass ich hier unten im Keller stehe und Ihnen eine Flinte zeige und oben eine Party in Gang ist und ich von der Vergangenheit rede.«

»Ich glaube, ich gehe dann mal wieder nach oben und –« Sie zieht hörbar den Atem ein, als ich die Flinte anlege und auf eine Dose gelber Tennisbälle hoch oben im Regal hinter ihr ziele. Sie erstarrt und beginnt, ein wenig zu schlottern.

»Ich werde Sie nicht erschießen«, sage ich. Sie gluckst und macht dabei ein kleines spuckendes Geräusch.

»Das möchte ich doch hoffen!«, sagt sie. »Warum sollten Sie mich erschießen wollen?«

»Will ich ja nicht«, sage ich. »Ich will Sie nicht erschießen.«

»Ist es nicht trotzdem ein bisschen gefährlich?«

»Was?«, sage ich, die Flinte im Anschlag und auf die Dose Tennisbälle hoch über ihrem Kopf gerichtet.

»Eine geladene Waffe auf jemanden zu richten.«

»Ich richte sie ja nicht auf Sie. Ich richte sie auf die Dose Tennisbälle.«

»Aber in meine Richtung«, sagt sie.

»Nein. Das hier ist Ihre Richtung, sehen Sie? So.« Und ich lasse den Lauf sinken, bis ich punktgenau auf ihr Brustbein ziele. Jetzt schreit sie. Es ist einer dieser extrem gellenden Horrorfilmschreie. Die Party oben verstummt. Nicht eine Stimme ist mehr zu hören. Die Musik verreckt. Man hört nicht einmal mehr die Hunde winseln. Die Frau aus Montana schüttelt jetzt den Kopf, sie reißt ihn hin und her und gibt so ein ersticktes Wimmern von sich. »Hören Sie auf zu zappeln«, sage ich, den Lauf der Flinte immer noch auf ihre Brust gerichtet. Sie hört auf. »Sie sind gar nicht aus Montana, stimmts? Sagen Sie die Wahrheit.« Sie schließt die Augen und kneift sie so fest zu, dass winzige Tränen aus ihren Augenwinkeln spritzen, die mehr wie Schweiß aussehen als Tränen. »Die Wahrheit!« Sie schüttelt den Kopf. Ich flüstere jetzt aus irgendeinem Grund. »Ich war damals sehr, sehr unglücklich, als ich in meinem Schlafzimmer auf Stare schoss. Waren Sie schon mal sehr, sehr unglücklich?« Sie nickt heftig. »Und was hat Sie so sehr, sehr unglücklich gemacht?«, frage ich sie. Sie schüttelt nur den Kopf und erstickt mit beiden Händen die Töne aus ihrem Mund. »Ich wusste auch nicht genau, was es war«, sage ich. »Ich konnte es nie richtig benennen. Wahrscheinlich ist es eine unfaire Frage, was meinen Sie? Jemand zu fragen, was ihn so sehr, sehr unglücklich macht?« Sie nickt verzweifelt. Die Stimme meiner Tochter hallt oben von der Kellertreppe herunter.

»Dad? Alles in Ordnung?«

»Ja«, sage ich. »Bestens.«

Eine schreckliche Anwandlung

Damals, unmittelbar bevor er sich davongemacht hatte, war für die Kinder das Komische am Verhalten ihres Vaters eigentlich weniger, wie er das rohe braune Ei zwischen ihre Obstsalatschalen auf den Frühstückstisch gelegt und mit der Faust zerhauen hatte und dass es das ganze Telefon und ihre fertig gepackten Pausenbrote einsaute, als das schrille Gelächter, mit dem er daranging, die Schweinerei aufzuwischen. Es war eine schreckliche Anwandlung, und sie entwickelte eine so rasante Eigendynamik, dass die Kinder tief in den Augen ihres Vaters Zweifel aufsteigen sahen, ob er da auch wieder herausfände, ob er nicht ohne weiteres in derart wilde Strudel widerstrebender Gefühle gerissen werden könnte, dass er nicht nur seine Nächsten und Liebsten, sondern, weit entscheidender, sich selbst nicht mehr kennen würde. Das erfassten beide Kinder instinktiv mit einer wortlosen Hellsicht, die den Grund legte zu einer allerersten Ahnung, was es heißen könnte, ganz auf sich gestellt zu sein. Mit den Jahren hatten sie sich an übergeschnappte Eskapaden bei ihrem Vater gewöhnt, wo ihn urplötzlich eine Dummejungenlaune zu packen schien, wie zum Beispiel auf dem Highway absichtlich in die gesperrte Baustellenspur zu scheren, um die ganzen kleinen orangeroten Hexenhütchen umzunieten, vor Freude kreischend und aufs Lenkrad schlagend, bis seine Fingerknöchel bluteten. Oder das eine Mal, als sie noch sehr klein waren und er aus dem grünen Kanu in den James River sprang und wild strampelnd so tat, als würde er ertrinken. Solche Auftritte hatten noch etwas kontrolliert Varietéhaftes gehabt, und tatsächlich glaubten die Kinder, selbst in sehr jungen Jahren, der Vater ziehe eher um ihretwillen eine Show ab, gebe eben an. Warum, das wussten sie nicht. Meist fanden sie ihn ganz unterhaltsam und witzig. Erst im Laufe ihrer Teenagerjahre bemerkten sie bei seinen Ausreißern eine deutliche Veränderung. Die Veränderung war an dem Maß abzulesen, in dem er selbst noch Abstand zu seinen Albereien hatte. Immer öfter schien er sich reinzustürzen und den Boden zu verlieren, einer inneren Regung ausgeliefert, die seine Augen zu leugnen suchten. Sie sahen, wie sich in den Augen der Schrecken breit machte. Der war in früheren Tagen nicht im Spiel gewesen. Wie wild die Entschlüsse ihres Vaters auch gewesen sein mochten, sie hatten ihm immer Vergnügen bereitet. Jetzt trat eindeutig eine Wende ein. Aus Gelächter wurde ein Gackern: ein randalierendes Stakkato ohne Zusammenhang mit irgendetwas Komischem. Das Ei zu zerhauen war eigentlich ohnehin nicht besonders komisch, schockierend vielleicht, aber nicht komisch. Jedenfalls nicht komisch wie eine Komödie komisch war, und außerdem störend bei den Hausaufgaben und erwarteten Anrufen. Sie zogen sich mit ihren Büchern und Heften aus der Küche zurück und nahmen das Telefon mit. Ihr Vater kroch unterdessen auf allen vieren mit angefeuchtetem Küchenpapier herum, in der Spüle lief das Wasser, und das Gelächter brach immer noch in Salven aus ihm hervor. Die Kinder gingen nach oben und verschlossen sich in ihren Zimmern, stellten im Radio Hiphopsender ein und drehten laut auf, um die Geräusche auszublenden, die aus der Küche nach oben drangen. Geräusche, die nun tief beunruhigend waren und gar nicht mehr wie Gelächter, sondern mehr wie Jaulen oder Klagen oder Laute, wie sie verletzte Tiere machten, Geräusche, die endlos weitergingen und dann plötzlich in kurzen leeren Pausen endeten. Pausen, in denen beide Kinder ihre Radios ganz leise drehten, um zu hören, wie er sich machte, um sie beim nächsten Ausbruch wieder aufzudrehen. Langsam überwogen die Pausen die Hysterie, bis aus der Küche gar nichts mehr zu ihnen drang. Die Kinder hörten die Hintertür dumpf schlagen, dann wie der Motor des Buick ansprang. Sie hörten die Reifen im Schotter knirschen, als der Wagen rückwärts aus der Einfahrt stieß, und das Schalten, als aus Schotter Asphalt wurde. Sie hörten den starken Motor im Dunkeln wegröhren und zu einem Brummen verebben, das nach endloser Leere klang. Einer Leere, vor der nicht einmal ihre Radios sie schützen konnten. Das ist jetzt ein paar Jahre her, und sie haben ihn seitdem nicht mehr gesehen.

Heute haben sie jemanden, der viel Ähnlichkeit mit ihrem Vater besaß, in die Post schleichen sehen, um seine Sendungen zu holen, und als sie ihre Mutter danach fragten, warum er verkleidet herumläuft, als alter Mann getarnt, sagte sie: »Das ist keine Verkleidung. Das ist er. Er ist schnell alt geworden.«

Tinnitus

Dienstag 1.2. – Normal, Illinois
Palmer? Ich bins noch mal. Ich habe Schluss gemacht für heute. Es ist ungefähr – na, so halb neun, neun. Bin etwas früher vom Highway runter, weil der Rücken streikte und ich mich nicht mehr auf die Straße konzentrieren konnte; ganz zu schweigen von dem hartnäckigen Klingeln im linken Ohr, von dem ich dir erzählt habe. Ich sitze in Normal, Illinois in einem Best Western gleich hinter Exit 8; Zimmer Nummer 119, glaube ich – oder, warte mal – ja, 119. Hab lieber nochmal auf den Schlüssel geschaut. Nennt sich »The Normal Midwestener«. Ziemlicher Witz. Eingetragen hab ich mich als »Guy Talmer« aus Two Creeks, Virginia – wegen der falschen Kennzeichen. Klingt affig, aber der Kerl an der Rezeption hat nicht mit der Wimper gezuckt. Ich glaube, auf Namen achten sie heute nicht mehr groß. Habe die American Express genommen, wie besprochen. Die Chancen, dass sie das bis zu dir zurückverfolgen können, sind gleich null. Es ist immer noch arschverteufeltkalt, minus vierzig heut morgen in St. Paul, und keine Änderung in Sicht. Kann es kaum noch erwarten, südliche Gefilde zu erreichen, obwohl mir Nick sagt, in Lexington haben sie auch minus zehn. Müsste morgen so gegen sechs da sein, schätz ich, vielleicht früher, hängt vom Verkehr ab. Bisher ist die Interstate frei, klirrend zwar, aber kein Eis. Das Highway-

Department hat seine Schneeräumer rechtzeitig rausgeschickt. Das hättest du sehen sollen unterwegs, ein Rauchen und Schneefegen, als wäre man auf dem Mars oder so. Verdammt ungemütlich da draußen. Deine Stute werde ich mir wohl erst Donnerstag oder Freitag ansehen können, aber so lange müsste sie eigentlich noch durchhalten. Gebe dann sofort einen Lagebericht durch. Per Fax oder Telefon, du hörst von mir, sobald ich sie mir angesehen habe. Ich nehme an, dein Anwalt hat in der Zwischenzeit auch mit dem Tierarzt gesprochen, aber hier für alle Fälle der letzte Stand: Es geht rapide bergab. Das rechte Vorderbein sieht bös aus durch die Überlastungsrehe, der Kronenrand ist massiv geschwollen. Ich schätze, das ist nicht anders zu erwarten, wo das Bein nach der Amputation doch das ganze Gewicht tragen muss. Jedenfalls hat Doc Roxsin Nadeln gesetzt, um etwas Druck abzulassen, und sie kriegt gegen Schmerzen und Schwellung als Dauertropf ordentlich viel Bute. Ich habe von der Versicherung die hundertprozentige Zusage, dass sie zahlen, sobald du den Tod der Stute anordnest. Selbstverständlich alles anonym verhandelt. Der Scheck geht im Namen des Subunternehmens direkt an mich, und ich zahle dann auf jedes beliebige Konto ein, das du mir nennst, In- oder Ausland. Du teilst mir einfach die Kontodaten mit. Im Grunde wundern die sich, dass wir das Tier überhaupt noch zu halten versuchen. Die hatten schon bei weit weniger ernsten Verletzungen Versicherungsfälle, da hat man den Tieren keine vierundzwanzig Stunden gegeben. Bei uns sind es seit dem Röhrbeinbruch mittlerweile anderthalb Wochen, und wir doktern immer noch mit der Stute rum. Die müssen uns für humanitäre Eiferer halten oder so. Du kennst meine Haltung in dieser Frage, aber wenn du sie am Leben erhalten willst, um das Fohlen zu retten, dann ist das deine Entscheidung. Es ist schließlich deine Stute. Obwohl natürlich ein Risiko bleibt. Das Fohlen kann unreif sein und bei Einleitung der Wehen hops gehen oder wegen anderer Komplikationen, die der ganze fetale Stress verursacht. Wenn du mich fragst, gibt es keinen Grund, der Stute noch mehr zuzumuten, als sie so schon durchmachen muss. Sie hat mehr als das Ihre getan und auf der Rennbahn alles gegeben. Ich sehe sie ungern so leiden. Klar, das Fohlen könnte ein echter Kracher sein – bei ihrem Pedigree und den Zuchtleistungen des Vaters, aber wiegt so viel va banque wirklich das faktische Leid auf? Ich habe hier den Weather Channel laufen, und was sich da im Golf zusammenbraut, ist kaum zu glauben: Eis, Schnee, Schneeregen, Starkwinde und Minusgrade! Was in aller Welt geht nur vor? Kommt einem vor wie der Zorn Gottes oder so. Da bin ich froh, wenn ich wieder Bluegrass-Country sehe. So weit für heute.

Mittwoch, 2.2. – Lexington, Kentucky
Palmer – ich krieg dich einfach nicht zu fassen, hoffe aber, dass du die gestrige Nachricht bekommen hast. Ein Glück, dass ich mich zeitig gemeldet habe, ich hab nämlich in der Nacht kaum ein Auge zugetan. Bin drei- oder viermal zur Geisterstunde aufgewacht und dachte schon, es wird jemand abgemurkst. Stellt sich raus, dass zwei Verrückte im Zimmer nebenan vögeln, was das Zeug hält. Offenbar stellen sie in Normal die Betten Kopf an Kopf gegen die Gipsplatten, jedenfalls war das die ganze Nacht ein Rammeln und Stöhnen, unglaublich. Der guten Frau hat es wohl ein, zwei Jahre niemand mehr besorgt, so wie die sich aufgeführt hat: »Ja! Ja! Gibs mir! O ja! Fick mich, ja! Fick mich! Fick mich!« Huch, ich hoffe, das hört jetzt nicht so ein Unschuldslamm von Sekretärin ab. Wie auch immer; ich bin jetzt hier in Lexington abgestiegen, unter dem Namen »Lyle Maybry«. Hab diesmal die MasterCard genommen, sicherheitshalber. Dachte, nur für den Fall, dass sie die Normal-Angaben doch noch überprüfen. Hoffentlich ist es dir recht. Mein Ohr spielt heute Abend verrückt, also dachte ich, ich

fahre lieber in der Früh in die Klinik und sehe nach der Stute. Heute Abend wär sowieso nichts mehr zu erfahren, weil da nur ein Wachmann Dienst schiebt. Ich war mit Doc Roxsin ständig in Verbindung, und er hat mir versichert, dass sich die Stute wacker schlägt, aber die Zeit läuft uns jetzt wirklich davon. Mit dem Ohr ist es zum Verrücktwerden. Ein Pfeifen wie bei Wellensalat im Radio. So schlimm war es noch nie. Wohl eine Spätfolge der vielen Jahre Taubenschießen seinerzeit, als von Ohrschützern noch lange nicht die Rede war. Meist merk ich gar nichts davon, aber neuerdings wird das zur Dauerberieselung. Wahrscheinlich alles das Alter. Verschleißerscheinungen. Hast du übrigens mitgekriegt, dass Arcaro das Zeitliche gesegnet hat? Ende einer Ära, kann man sagen. Sein Triple-Crown-Jahr auf Citation werd ich nie vergessen. Neunzehnachtundvierzig wars, glaube ich. Der alte Arcaro, »Banana Nose«. Der Meister. Schon komisch, jetzt wieder hier in Jockeyland zu sein. Ich hatte mich richtig drauf gefreut, aber kaum bin ich da, krieg ich den Blues. Eigenartig; wie kommt das bloß. Weil ich zurückdenke, wahrscheinlich. An die alten Zeiten, als ich Martha kennen lernte. Das war hier in Keeneland, 1959. Kaum zu glauben. Du musst es noch wissen, Palmer – schließlich hast du mich angestiftet, sie auszuführen, Highballs und Steak. Und das war erst der Anfang. Zweiundzwanzig Jahre Hölle pur. Aber weißt du was, sie fehlt mir. Weiß auch nicht, warum. Die endlosen Meilen Highway, vielleicht. Ich versuchs weiter. Wenn wir nichts voneinander hören, kannst du mir jederzeit hier an der Rezeption eine Nachricht hinterlassen. Denk dran: Du musst nach »Lyle Maybry« fragen. Manchmal verlier ich selbst schon den Überblick.

3.2. – Lexington, Kentucky

Palmer! Wo zum Teufel steckst du? Ich brauche eine Rückmeldung, pronto! Ich habe nach der Stute gesehen, und wir haben beschlossen einzuleiten, weil sie es wirklich nicht mehr lange macht. Das Fohlen wird zwei Wochen zu früh kommen, aber uns bleibt unter diesen Umständen keine andere Wahl. Ich habe einen Bieper von der Klinik dabei, und rufe jetzt nur schnell mal via Transmedia unter dem Namen »Filson« aus einer Telefonzelle an der Ironworks Pike an. Vorwahl weiß ich gerade nicht. So sieht es also aus, und ich brauche so schnell wie möglich eine Antwort; sobald bei der Stute die Wehen einsetzen, biepen sie mich an, und dann muss ich hier abbrechen und stehenden Fußes zur Klinik zurück. Ich brauche jetzt von dir das Einverständnis, die Stute einschläfern zu lassen, sobald das Fohlen da ist. Das dürfen sie nur mit Zustimmung des eingetragenen Besitzers. Schick mir also auf schnellstem Wege einen entsprechenden Nachweis. Umgehend! Ich fahre jetzt zum Abfohlen zurück, und ich habe allen eingeschärft, dass die Stute ihr Fohlen vor dem Ende beschnuppern und bemuttern soll, so gut es geht. Ich war immer der Ansicht, dass die Kontaktphase für die Kleinen später entscheidend ist. Zehren davon, wenn es ums Ganze geht und sie die Peitsche spüren. Ich habe dafür gesorgt, dass eine gute Ammenstute von einem ordentlichen Gestüt hergebracht wird. Nicht irgend so was Halbseidenes. Die müsste schon unterwegs sein. Ich werd sie mir ansehen und mich vergewissern, dass das Euter sauber und voll ist, und ob sie sonst taugt. Die Klinik ist erstklassig, Palmer, und deiner Stute fehlt es so gesehen an nichts. Es tut einem nur in der Seele weh, sie so enden zu sehen. Eine Klassestute, so hart und treu. Bitte lass von dir hören, sobald dich diese Nachricht erreicht. Wir haben nicht mehr viel Zeit.

Donnerstag, 3.2. – später

Gratuliere, Palmer! Du hast ein brandneues Hengstfohlen. Einen großen, kräftigen, rahmigen Fuchs. Wir mussten die Stute im Stehen abfohlen und fast durchweg mitziehen, obwohls eine Vorderendlage war. Anfangs hat er sich gut gehalten, aber dann sackte er plötzlich so weg, dass wir dachten, er schaffts nicht. Wir haben mit Spritzen nachgeholfen, und ich glaube, er kommt durch. Es wird noch dauern, bis wir ihn auf die Beine kriegen und sehen, wie es mit der Ammenstute klappt, also sind wir noch nicht über den Berg. Wir werden sehen. Die Stute war durchweg großartig, sie hat dasselbe Format bewiesen wie auf der Bahn, aber schließlich musste ich doch das Zeichen geben. Ich habe noch mal flunkern müssen und behauptet, ich wäre bevollmächtigt, hätte aber das Schreiben vom Notar im Motel liegen lassen. Allmählich bin ich richtig Profi im Lügen. Die Docs haben mitgemacht, weil sie ja selbst sehen konnten, dass der Fall hoffnungslos war. Das Bein stank schon, weil die Infektion so um sich griff, und auch sonst baute sie massiv ab. Doc Roxsin wollte mich partout überreden, sie noch zu halten, damit er weiter mit der Amputation rumexperimentieren kann, aber das war aus meiner Sicht einfach nicht zu rechtfertigen: Ihr Leid noch zu verlängern. Was wäre das für ein Leben, irgendwo in einer gepolsterten Box auf drei Beinen herumhoppeln? Nun, getan ist getan. Mit etwas Glück berappelt sich das Fohlen und holt dir irgendwann fette Preisgelder. Hoffentlich regst du dich über alles nicht zu sehr auf, aber was blieb mir denn anderes übrig unter den Umständen und ohne Ansage von dir. Ich hoffe wirklich bloß, dass du bald Nachricht hast. Ich habe nicht die leiseste Ahnung, wo du steckst oder wie ich dich erreichen soll. Wenn bei dir da im Laden eine Sekretärin die Stellung hält, könnte doch wenigstens die sich bei mir melden und bestätigen, ob das alles an dich weitergeht. Ich wüsste nicht, was ich sonst tun soll. Morgen werde ich gleich in der Früh bei der Versicherung anrufen und den Tod der Stute melden. Mit dem Scheck wird es garantiert keine Probleme geben. Aber jetzt ist es viel zu spät, noch jemand zu erreichen – Ortszeit ein Uhr dreißig. Ich schätze, ich werde mich jetzt zu Barclay's begeben und mir einen Maker's on the rocks genehmigen, vielleicht zwei. Habe das Zeug seit Monaten nicht angerührt, aber diese Sache geht mir doch einigermaßen an die Nieren. Ich sehe ungern ein Tier so leiden. Besonders eine Ausnahmestute wie sie. Sie war einsame Klasse. Mein Ohr spielt jetzt vollkommen verrückt: Aus Wellensalat ist ein Sirenengeheul geworden wie bei einer Tornado-Warnung. Hoffentlich kein Omen. Du hörst von mir. Stets dein –

Hart und treu

»Kannst du nicht bitte raufgehen und einfach mal mit ihm reden? Mehr verlange ich doch gar nicht«, sagt sie in diesem einschmeichelnden Kleinmädchenton, der mir aus längst vergangenen Tagen noch gut in Erinnerung ist.

»Was macht er denn da oben?«

»Er hat sich wieder in seine Kataloge vergraben. Um diese Zeit schicken sie immer die Kataloge. Einen ganzen Karton voll, und er trägt sie nach oben, als würden sie atmen oder so. Er geht in sein Zimmer und kommt nicht mehr raus. Seit Tagen hockt er da oben. Eine Woche bestimmt.«

»Eine Woche?«

»Eine geschlagene Woche. Und raucht. Das ist das Einzige, was ihm geblieben ist, seit er nicht mehr trinkt. Rauchen und husten. Die Kinder haben versucht, ihm Sandwiches zu bringen, aber er isst nicht. Er spricht nicht mit ihnen, gar nichts. Macht nicht mal die Tür auf.«

»Tot ist er nicht, oder?«

»Sehr witzig. Ich dachte, du willst helfen.« Und damit verliert sie langsam die Fassung, und um ihren üppigen Mund beginnt es zu zucken. Auch der Mund gehört zu den Dingen, die ich gut in Erinnerung habe. Die ich nie vergessen werde. Ich tätschele ihr die Schulter, aber sie entwindet sich heftig mit abgewandtem Gesicht.

»Ich gehe rauf.«

»Gut«, sagt sie und tritt zielstrebig hinüber an die Spüle, als wollte sie einen Großputz starten. »Wenn er dich reinlässt, dann frag ihn, wie lang das seiner Meinung nach noch gehen soll. Ich frage nicht meinetwegen. Sondern wegen der Kinder.«

»Ich frage ihn.«

»Gut. Frag ihn einfach, wie lange wir das seiner Meinung nach noch aushalten sollen.« Beim Wort ›aushalten‹ muss sie schwer schlucken, und sie dreht den Wasserhahn voll auf, damit der sprudelnde Strahl ihr Schluchzen kaschiert.

Ich latsche an Fotos von strahlenden Kindern in Fußballtrikots die Treppe hinauf. An Angeltouren und besseren Tagen. Auf dem Treppenabsatz rieche ich seinen Rauch. Ich gehe dem Geruch durch den Flur nach bis zur Tür mit dem Hufeisen, an dem Regenmäntel hängen, Gürtel und eine dunkle Wollweste. Ich klopfe. Keine Antwort. »Reese?«, sage ich zur Tür. »Reese, ich bins, Jamey. Bist du da?« Ich höre einen Stuhl über den Holzfußboden schrappen. Stille. Ich höre ihn langsam aufstehen. Husten. Er kommt an die Tür und bleibt stehen. Ich höre ihn dahinter atmen. Er ist sehr nah. »Reese? Lass mich rein, ja? Ich will mit dir reden.«

»Es ist offen.« Seine Stimme klingt weich und gebrochen, als hätte er sie eine Weile nicht benutzt, fast jungenhaft. Ich höre, wie er zu seinem Stuhl zurückkehrt und sich setzt. Als ich die Tür einen Spaltbreit aufdrücke, trifft mich der beißende Qualm von Lucky Strikes voll ins Gesicht. Blaugraue Dunstschwaden durchziehen in Lagen den Raum vom Boden bis zur Decke. Ich sehe ihn in dem Nebel mit dem Rücken zu mir an seinem Schreibtisch sitzen. Es ist ein winziges Zimmer. Eine ganze Wand Büchern vorbehalten. Die anderen drei bepflastert mit gerahmten Aufnahmen von Rennpferden, Jockeys, auf sattgrünen Weiden grasenden Stuten mit Fohlen. Über seiner Schreibmaschine ein Fenster mit jalousieverhangenem Blick auf Garagendächer in gleißendem Oktoberlicht. Orangerote Ahornblätter segeln hinab und verschwinden. Er zeigt mir weiter den Rücken. In seinem Haar sind jetzt graue Schwingen, die sich im Nacken falten. Eine Zigarette qualmt in einem geschnitzten Aschenbecher aus Teakholz, der eine Art polynesische Prinzessin auf einer Meeresschildkröte darstellt. Er dreht sich nicht um. Er bewegt sich nicht. Ganze Stapel von Gestütsbüchern und teuren Auktionskatalogen schirmen ihn fast schulterhoch ab, ein Papierbunker. »Steckt Rena dahinter?«, sagt er, als ich schon eine ganze Weile in den Anblick seines Hinterkopfs versunken dastehe.

»Wohinter?«

»Mach die Tür zu«, sagt er. Ich komme der Aufforderung nach, und da wendet er sich mir zu, schrappt seinen Stuhl halb herum wie einer der alten Männer, die du als Kind nicht stören durftest, wenn sie Karten spielten ohne Frauen. Ich höre, wie unten das Wasser abgedreht wird, und stelle mir eine lauschende Rena vor. Ich sehe sie am Fuß der Treppe stehen, sich die zarten Hände abtrocknen und nach irgendeinem Hinweis horchen. »Ich würde dir ja einen Drink anbieten, aber ich habe abgeschworen«, sagt er.

»Ich auch«, sage ich.

»Sieh einer an. Alle beide? Vor zehn Jahren wären wir längst stinkbesoffen gewesen, jenseits von gut und böse.«

»Sehr wahrscheinlich.«

»Ich hab sie«, sagt er übergangslos.

»Bitte?«

»Die Stammstute. Linienbegründerin. Die Blue Hen. Da!« Er schlägt so heftig auf den niedrigsten Katalogstapel, dass Asche zwischen den Schenkeln der polynesischen Prinzessin aufwölkt. »Musste sie zwischen viertausendzweihunderteinundsechzig Katalognummern rausflöhen, aber das ist sie!« Er schrappt den Stuhl wieder zum Schreibtisch zurück, befeuchtet einen Daumen und fleddert die eselsohrigen Seiten zurück bis zur Lotnummer 773. »Da!«, sagt er und lehnt sich zufrieden zurück, lädt mich zur Begutachtung des Pedigrees ein. Ich spiele aus Höflichkeit mit und fummele nach meiner Brille. »Hast du so was schon gesehen?«, sagt er. »Vier Generationen, und die ganze Seite Blacktype!«

»Ja, sieht gut aus«, sage ich.

»Gut? Gut?! Wann warst du denn zuletzt so dicht an einer Enkelin von ›Hay Patcher‹ dran? Wann hast du denn zuletzt ›Hay Patcher‹ als zweite Mutter gesehen? Ewig und drei Tage nicht, kann ich dir sagen.«

»Was verlangen sie denn heute für so eine Stute?«

»Die schieß ich fürn Appel und en Ei ab. Sieh doch, wie sie angepaart ist.« Ich lasse die tränenden Augen die Seite hinauswandern bis zu einem Deckhengst, von dem ich nie gehört habe.

»Traekon? Wer ist Traekon?«

»Eben. Sag ich doch. Sieger bei irgend so einem Hammelstechen in Uruguay oder wer weiß wo. Wo Not gegen Elend läuft.«

»Aber wird es dann nicht schwer sein, das Fohlen loszuschlagen?«

»Das Fohlen? Es geht doch hier nicht um das Fohlen, Mann! Spinnst du? Hier gehts um den langen Atem. Stuten wie die sind was für die Harten und Treuen. Für die Zukunft. Die Annalen des Turfs!«

»Ich dachte, du bist im Augenblick nicht sonderlich liquide, Reese.«

»Wer sagt das? Ach, du denkst an die Exen?«

»Na ja –«

»Tja. Hat sich rumgesprochen, was? Haben sie mich schließlich kleingekriegt. Aber ich habe andere Mittel. In Kentucky gibts immer Hintertürchen. Ein Deal ist immer drin, glaub mir. Ein Deal ist immer drin.«

»Für wie viele Kinder musst du denn zusätzlich aufkommen?«

»Zu verflixt viele! Hälfte ist nicht mal von mir, aber zum

Prozessieren fehlt mir das Geld.« Dann igelt er sich wieder ein, steckt sich eine neue Lucky an, vertieft sich in seine Kataloge und bläst Rauch über die Seiten.

»Rena würde gern wissen, wie lange du dich hier noch verschanzen willst, Reese.«

»Rena. Dacht ich mir. Sie hat dich angerufen, stimmts?«

»Nein. Sie hat mich nicht angerufen.«

»Doch, sie hat dich angerufen. Das merk ich an deiner Art.«

»Meiner Art?«

»Ja. Wie du hier seitlich angekrochen kommst.«

»Du hast doch gar nicht hingesehen! Du hast mir den Rücken zugekehrt.«

»Ich habs gerochen. Dafür hab ich im Laufe der Jahre einen Riecher entwickelt. Arglist und Trug. Riech ich sofort.«

»Ich bin nicht gekrochen. Lächerlich.«

»Gewunden hast du dich.«

»Hör mal, sie möchte nur wissen, wie lang. Mehr nicht.«

»Das kann ich nicht sagen. So lange wie nötig.« Jetzt schweigt er wieder. Ich ersaufe in seiner engen Welt. Es gibt kein Entrinnen. Meine Augen kommen mir vor, als würden sie vom Qualm bluten. Ich überfliege die Bücher und fixiere einzelne Titel – Rancher und Rinderzucht, den Landwirtschaftsklassiker von Wolf und Kipps, Romane zu den Pioniertagen am Rio Grande und dem Leben der Vaqueros, eine vollständige Ausgabe der *American Broodmare Records* mit schwarzen Lücken, wo er Bände runtergeholt hat, um Zahlen zu verschlingen. In einer der Lücken lehnt ein Smith & Wesson Taschenrevolver im Clipholster. Er ist mir von längst vergangenen Tagen noch gut in Erinnerung. Damals, als er unter Lichtkegeln auf Parkplätzen unerwartet zum Vorschein kam und Gummibänder um Bündel neuer Fünfziger schnalzten. Ein weiteres goldenes Blatt segelt an seinem Fenster vorbei und verschwindet.

»Und was hast du im Sinn, willst du nach Lexington runter und versuchen, dir die Stute zu angeln? Ist es das?«

»Willste mit?«, sagt er und dreht sich mit einem verschlagenen Grinsen nach mir um, hängende Zigarette im Mundwinkel. »Wir wären in vier Tagen da und zurück. Ein Klacks.«

»Was ist mit den Kindern?«

»Schule.«

»Rena?«

»Rena?« Er lacht in sich hinein und muss einen Hustenkrampf unterdrücken. »Sie braucht mich nicht. Wo denkst du hin. Sie braucht mich schon sehr, sehr lange nicht mehr.« Er zieht sich wieder in seine grauen Katalogseiten zurück.

»Im Augenblick ist sie aber ziemlich fertig.«

»Fertig.«

»War mein Eindruck.«

»Du kennst sie nicht.«

»Früher schon.«

»Stimmt. Richtig.« Er schiebt die nasse Lucky in den Aschenbecher und wendet sich mir betont langsam zu. »Du hast sie mal ziemlich gut gekannt. Ich wette, du hast da auch jetzt noch so Ideen.«

»Ideen?«, sage ich.

»Ja, Ideen. Wie zum Beispiel: ›Wenn sie noch mit mir zusammen wäre, wäre sie jetzt vielleicht glücklich. Sie wäre vielleicht ein vollkommen anderer Mensch. Sie würde vielleicht *meine* blonden Blagen großziehen und nicht seine.‹«

»Auf solche Ideen käme ich gar nicht.«

»O doch, Freundchen. Mir kannst du nichts vormachen. So oder ähnlich. Wie kommst du darauf, dass du nicht genauso versagt hättest wie ich?«

»Du hast nicht versagt, Reese.«

»Komm mir bloß nicht so von oben herab. Du hältst dich einfach für ein klein wenig überlegen, wie? Hast du immer schon.«

»Auf so einen Blödsinn geh ich nicht ein.«

»Ein klein wenig überlegen in jeder Hinsicht. Besonders bei den Weibern.«

»Sie will schlicht und ergreifend wissen, wann du runterkommst! Mehr nicht.« Wieder Schweigen, aber diesmal dreht er sich nicht weg. Er sieht mich unverwandt an, und langsam zeichnet sich auf seinem Gesicht ein wissendes Grinsen ab.

»Glaubst du das wirklich?«, sagt er.

»Was?«

»Dass das das Einzige ist, was sie wissen will?«

»Das waren ihre Worte.«

»Es ist *nicht* das Einzige.«

»Sondern?«

»Sie will wissen, wohin ich entschwunden bin! Das will sie wissen. In welches Land! Welche entlegene Gegend im Kopf! Welche fernen Gefilde der Isolation! Frauen sind Herdentiere. Weißt du das nicht? So was macht ihnen eine Heidenangst!«

»Dann erklär es ihr doch.«

»Ich kann es ihr nicht erklären!«, sagt er, schießt plötzlich hoch und stößt versehentlich das fette Hengstbuch von der Ecke des Schreibtischs. »Spinnst du? Wie sollte ich ihr das hier erklären? Wie sollte ich erklären, was mir jeder einzelne Name dieser Pedigrees bedeutet? Was allein der Klang von ›Nasrullah‹ heraufbeschwört. Sein Ungestüm. Sein fünfter Gang!«

»Immer mit der Ruhe, Reese. Mich brauchst du nicht zu belehren.«

»›Seattle Slew‹! ›Storm Bird‹! ›Native Dancer‹! ›Silver Spoon‹! Wie sollte ich das denn erklären können!« Er tobt jetzt in engen Kreisen herum wie ein Bär im Käfig, während ich an den Rand des Wirbels gegen das Bücherregal gedrängt werde. »Ich kann nicht erklären, wie es mir heiß im Kreuz prickelt, wenn ich sehe: 3 x 3 auf ›Cool Mood‹ ingezogen! Wenn ›Dr. Fager‹ und ›Great Above‹ beide ›Aspidistra‹ führen! Wie soll ich das machen? Sie müsste die Geschichte kennen! Die Blutlinien! Die zeitlose Dimension des Ganzen! Ohne ist sie aufgeschmissen! Vollkommen aufgeschmissen!« Er bleibt wie angewurzelt stehen, ringt um Atem, als kehrte er nach langer Abwesenheit in seinen Körper zurück. Er sieht zu mir hin, als wäre ich eben erst im Zimmer erschienen.

»Pass auf, Reese«, sage ich. »Wie wärs, wenn du ab und zu eine kleine Pause machen würdest. Verstehst du – einmal am Tag runtergehen und dich mit ihr unterhalten. Kaffee trinken. Dir ein bisschen Zeit für die Kinder nehmen.« Er starrt mich eine Weile an, immer noch schwer atmend, die Augen schmal von der Anstrengung, die es kostet, meine Worte zu enträtseln.

»Unterhalt *du* dich doch mit ihr«, sagt er schließlich und kehrt in den vertrauten Stuhl zurück. »Ich habe zu tun.« Er bückt sich und hebt das Hengstbuch auf, wuchtet es wieder auf seine angestammte Ecke. »Geh runter und trink selbst mit ihr Kaffee. Ihr habt euch doch bestimmt eine Menge zu erzählen, ihr beide. Ihr könnt doch in Erinnerungen schwelgen oder so. Die gute alte Zeit wieder aufleben lassen.«

»Es gibt also nichts, was ich ihr ausrichten soll?«

»Doch. Gibt es. Richte ihr aus – richte ihr aus, dass ich eines schönen Tages wieder aus der Versenkung auftauchen werde. Ans Licht zurückkehren!«

»Ist gut«, sage ich und sehe zu, wie er nach seiner Zigarette grapscht und wieder eins wird mit seinen Büchern. Ich gehe zur Tür und packe den Griff. »Es war schön, dich wieder zu sehen, Reese.« Ich sehe, wie sich sein Rückgrat eine Spur versteift und sein Kopf sich in meine Richtung neigt.

»Wir könnten hinfahren, weißt du«, sagt er in dem weichen Tonfall, den ich gehört habe, bevor ich eintrat. »Nur wir beide. Wie in den alten Zeiten. Kentucky. Es hindert uns nichts. Überlegs dir.«

»Mit dieser Welt verbindet mich eigentlich nicht mehr viel.«

»Aber sie ist immer noch da. Dreht sich munter weiter. Wäscht immer noch Geld von schwarz auf weiß.«

»Ich wär wie ein Fisch auf dem Trockenen, Reese.«

»Ja. Das wärst du wohl.«

»Viel Glück jedenfalls mit der Stute. Ich hoffe, du kriegst sie.«

»Ich werde sie schon kriegen. Und zwar nachgeschmissen. So eine wie die fällt einfach durch die Maschen. Weil keiner mehr die Geduld hat. Alle wollen das schnelle Geld. Nach Potenzial fragt niemand. Nach dem langen Atem.«

»Wird wohl so sein.«

»In diesem Geschäft musst du graben. Die Geschichte dahinter sehen. Ursache und Wirkung. Das Geld ist da, man muss nur danach graben.« Er schlägt noch einmal auf den Stapel Kataloge, dass Asche in den blauen Dunst pufft. Ich verkneife es mir, zu ihm hinzugehen und ihm auf die Schulter zu klopfen, aus Angst, er könnte ähnlich reagieren wie Rena. Ich würde ihm furchtbar gern auf die Schulter klopfen.

Als ich die Treppe hinuntersteige, höre ich die Kinder von der Schule kommen. Den Jungen seinen Hund rufen. Das Mädchen sich lauthals von ihren Freundinnen verabschieden. Das Tor hinter ihnen zufallen. Ihre Füße durchs Laub rascheln. Ich habe große Angst. Nicht nur davor, wie ich Rena in der Küche vorfinde, in was für einem Zustand. Nicht nur davor, seinen Kindern Aug in Aug gegenüberzustehen, sie mit ihrer Mutter reden zu hören, ihren kalten jungen Atem im Raum zu sehen. Sondern vor der Kluft, wenn ich das Grundstück verlasse. Wenn ich mich auf der Straße umdrehe und zu dem einen Fenster hochsehe, wo der Rauch ist. Davor, in meinen Wagen zu steigen und wegzufahren. Davor, ohne Verbindung zu gehen. Weil es sie vielleicht nie gegeben hat. Weil es sie vielleicht niemals geben wird.

Ich durchquere die Küche im selben Moment, da die Kinder zur hinteren Verandatür hereinplatzen, und die Hunde mit. Rena brüllt: »Zieht gefälligst die Schuhe aus! Ich habe gerade gewischt! Lasst die Hunde nicht rein!« Ihre Rolle holt sie ein, ihr Muttersein, ihr Überlebensrüstzeug. Ich stehe blöd rum, während die Hunde um meine Knie rempeln. Rena packt einen am Halsband und schleift ihn zur Hintertür: einen sich sträubenden gelben Hund mit neonrosa Halsband. Inmitten von alledem sieht sie sich nach mir um, die Haare fliegen ihr wild um die Augen. Ihr Gesichtsausdruck ist plötzlich ganz anders. Grimmig fast. »Und?«, sagt sie. »Wie siehts aus? Hast du mit ihm geredet?«

»Ja. Ja, das habe ich.« Neugierig glotzend streifen die Kinder ihre Tennisschuhe ab und werfen sie in einen Korb voll Hockeyschläger. Rena befördert den Hund mit einem Tritt zur Hintertür raus und knallt sie zu. Das Mädchen sagt: »Mom, du kannst doch Tasha nicht einfach treten!« Rena sagt: »Ich habe Tasha nicht getreten; ich habe sie gestupst.« Der Junge beäugt mich komisch, als könnte ich einer dieser gefährlichen Kumpanen sein, die er aus Erzählungen über die dunkle Vergangenheit seines Vaters kennt. »Ist Dad schon aus seinem Zimmer aufgetaucht, Mom?«, sagt er, geht schnurstracks an den Kühlschrank, reißt die Tür auf und starrt auf den Orangensaft. Rena antwortet ihm nicht. Sie tritt vor mich hin und bleibt eine Handbreit vor meinem Gesicht stehen. Ich spüre ihren Atem auf der Brust. Sie stemmt die Hände in die Hüften und sieht direkt in mich hinein. Auf ihrem Gesicht ist keine Hoffnung, keine Wut, nicht mal Angst. Sie will bloß hören, was sie schon weiß. Sie will es von mir hören. »Also?«, sagt sie. »Was gibt es?«

»Er hat mich gebeten, dir auszurichten, dass er eines schönen Tages wieder aus der Versenkung auftaucht. Ans Licht zurückkehrt.« Sie lässt die Hände von den Hüften sinken und dreht sich nach ihrer Tochter um, als hätte sie mich gar nicht gehört. Sie strahlt.

»Wie geht es meiner Süßen?«, sagt sie und sinkt mit ausgebreiteten Armen auf die Knie, um das Kind zu umfangen. Der Junge wirft die Tür des Kühlschranks zu und rührt sich nicht. Er zeigt mir den Rücken. Er bleibt so.

Großer Himmelstraum

Mit der Zeit war es für die beiden alten Männer eine Sache des Stolzes geworden, wer von ihnen morgens früher auf war. Wer weiß, wo das seinen Anfang genommen hatte. Sherman, der um drei Jahre jüngere der beiden, hatte sich neuerdings angewöhnt, um halb fünf heimlich aus seinem Schlafsack zu kriechen. Er schob sich barfuß im Pechfinstern über das rote Linoleum, bemüht, nicht die Fersen zu heben und schmatzende Patschgeräusche zu machen. Er wickelte einen Waschlappen um den kurzen Zugschalter an der Neonröhre über dem Wachbecken, damit es nicht so laut brummte, wenn die Röhre warm wurde und ihren flackernden grünlichen Glimmer auf das träumende Gesicht seines Partners Dean warf – seines langjährigen Partners Dean. Sherman war sich nicht sicher, woher die tiefe Befriedigung in ihm rührte, wenn er den Frühaufsteher-Wettstreit gewann. Geld war nicht im Spiel. Keinerlei Preis. Meist verloren sie darüber kein Wort miteinander. Genau genommen konnte er sich nicht erinnern, ob sie die Sache jemals zu einem regelrechten Wettstreit erhoben hatten. Sie hatte sich einfach über die Jahre aus ihren endlosen gemeinsamen Tagen und Nächten ergeben. Eindeutig aber gab es das Gefühl des Gewinnens. Das war unverkennbar. Manchmal spürte er es in den Füßen – eine Wärme, die langsam in die Waden und Kniekehlen aufstieg. Manchmal spürte er es in Brust und Armen – und einmal, an einem elektrischen Morgen, direkt oben auf dem Kopf. Sein ganzer Kopf leuchtete auf. Er wusste es noch genau: Sein Kopf leuchtete ziemlich genauso auf wie die Neonröhre über dem Waschbecken – ein helles Glühen, das durch den Schädel flutete, den Nacken und das Rückgrat hinabströmte und dann im ganzen Körper ein Licht einschaltete. Es war ein Licht, wie er es nie zuvor gekannt hatte, und vergleichen konnte er es nur mit einem Traum vom Himmel, den er ungefähr mit zehn Jahren geträumt hatte. In diesem Traum war ein ähnliches Licht erschienen, und er erinnerte sich an das Gefühl, direkt mit einer Kraft, so stark wie die Sonne selbst, verbunden zu sein. Tagelang war er damals, als Junge, mit der Erinnerung an diesen Traum im Kopf herumgelaufen, aber das Licht war nie wieder erschienen, bis sich – etliche Jahre später – diese Geschichte mit Dean anbahnte, diese unausgesprochene Rivalität, wer zuerst aufwachte. Shermans Siegergefühl war allerdings kurzlebig, weil Dean gleich am nächsten Morgen, nachdem er sich überhaupt nur schlafend gestellt hatte, ladestockgerade und mit weit offenen Augen in seinem Schwingsessel saß, während Sherman noch vor sich hin schnarchte und in sein Kopfkissen schmatzte. Dean hatte den Sessel dicht vor Shermans Mumienschlafsack gezogen, damit bei Sherman gar nicht erst Missverständnisse aufkamen, wer der Gewinner des Morgens war. Dean konnte es kaum erwarten, dass die Sonne hoch genug stand, um Shermans Augenlider zu wärmen und zu spalten. Und da säße er dann und würde in das lange Gesicht hinabstarren, während Sherman zwischen einem REM-Traum und der Erkenntnis rang, dass er verloren hatte. Dean beobachtete, wie Shermans Augäpfel unter den Lidern rollten und zuckten, ziemlich genauso, wie man es von Hunden kennt. Selbst das kurze Aufstöhnen und Winseln tief aus der Kehle ähnelten denen eines schlafendes Hunds. Wovon in aller Welt träumte er? Nicht mehr von Frauen – das doch sicher nicht. Dean hoffte, dass es kein Traum von Frauen war. Um Shermans willen. Dazu waren sie beide zu alt. Zu schmerzlich. Wozu sich quälen, wenn einem die schlichten Freuden des Wüstenlebens Gesellschaft leisteten? Die Geräusche der hudernden Wachteln im Schatten, der Duft von Schinkenspeck, Domino spielen, von weitem schon den Staub des Postautos erspähen, meilenweit weg vor den gezackten Schatten des Smith Mountain. Aber die größte Freude und der Höhepunkt des Tages war für sie beide ihr Weg runter zu Denny's am Highway, zu Kaffee und Paddy-Melt-Burgern. Das war für beide der Himmel.

Sie kannten sich ewig, die zwei. Waren beide in der winzigen Stadt »Alma« (so stand es jedenfalls auf dem Schild am Postamt) in South Dakota aufgewachsen. Waren über die Jahre diverse getrennte Wege gegangen, aber irgendwie immer wieder zusammengekommen, bis sie am Ende, nach Trennungen und dem Tod von Ehefrauen, nach Kindern, die es in die Silicon-Computer-Hölle zog, beschlossen, sich einen kleinen bescheidenen Bungalow am Rande von Twentynine Palms zu teilen. Das passte ihnen gut. Dort lebten sie mittlerweile, recht zufrieden, volle elf Jahre. Sie hatten ihre kleinen Auf und Abs gehabt wie damals, als Sherman dahinter kam, dass Dean mit seiner Schrotflinte sechzehn Wachteln von der hinteren Veranda geknallt und dann die Frechheit gehabt hatte, die Wachtelbrüste in einer gusseisernen Pfanne zu schmoren und die Schweinerei auf Rührei zum Frühstück zu servieren. Sherman hatte wegen der Wachteln tatsächlich geweint, und Dean hatte tagelang Schuldgefühle, wie er da in seinem Schaukelstuhl saß und sich klar wurde, was für eine tödliche Stille er rings um den Bungalow angerichtet hatte. Volle zwei Wochen dauerte es, bis die Wachteln neues Zutrauen fassten und mit ihrem zarten, friedlichen Pfeifen zurückkehrten, um wieder im Schatten zu hudern. Aber da hatte Sherman Dean schon verziehen, und sie verfolgten längst neue, aufregendere Anliegen –

nämlich eine Kellnerin unten bei Denny's, die Faye hieß. Kellnerinnen gehörten zu den Dingen, für die beide ein unfehlbares Auge hatten. Nicht einfach nur niedliche oder sexy Kellnerinnen, sondern Kellnerinnen mit Herz. Kellnerinnen mit dem unverkennbaren Gepräge des Mitgefühls um die Augen. Die gab es nicht alle Tage, da waren sie sich einig, als sie daher schließlich Faye entdeckten, schien das ihrem Leben neuen Schwung zu verleihen. Jeden Tag um zwölf duschten sie und rasierten sich, zogen frische Hemden an, Boloties und ihre gepressten Khakihosen, setzten ihre »Open Road«-Stetsons auf und machten sich auf den Weg, die lange, staubige Parallelstraße hinunter zum Highway. Ehe sie bei Denny's durch die Tür traten, wischten sie sich an den Hosenbeinen den Staub von den Stiefeln, prüften einer beim anderen, ob die Boloties saßen, nahmen ihre Stetsons ab und betraten die klimatisierte Kühle. Sie kannten Fayes Arbeitszeiten genau und erschienen absichtlich mitten im Hochbetrieb zur Lunchstunde, damit sie Faye in Aktion sehen konnten. Geduldig standen sie Seite an Seite, hielten mit beiden Händen ihre Hüte vor den Knien und warteten manchmal eine Dreiviertelstunde auf eine Nische, nur um zu sehen, wie Faye ihre bemerkenswerten Hüften durch die Küchenschwingtür drehte, Tabletts mit dampfendem Truthahn und Club-Sandwiches balancierte und immer ihr herzzerreißendes Lächeln über die Ansammlung schweifen ließ: Die Dicken, die Hässlichen, die Unhöflichen, die Betrunkenen, die Verrückten – sie machte keinerlei Unterschied, alle bekamen denselben hellen Strahl der Freundlichkeit aus ihren Augen. Nicht, dass irgendjemand es bemerkt hätte, und verdient hatte es bestimmt keiner, fanden Dean und Sherman. Die Tage des »Gentleman« waren lange dahin, aber sie beide erschienen jeden Tag um zwölf bei Denny's, um Faye daran zu erinnern, dass Anmut wie ihre ein großer Segen war inmitten all des traurigen Wahnsinns. Und Faye wusste es zu schätzen. Immer hellte sich ihr Gesicht ein, zwei Grad auf, wenn sie sie dort an der Kasse warten sah, und dann ging in Shermans Kopf das Licht an, und ihm war fast, als würde Dean das gleiche Phänomen erleben, aber er erwähnte es ihm gegenüber nie, aus Angst, Dean fände die Beobachtung zu esoterisch. Dean war für klare Verhältnisse. Wenn sie dann endlich eine Nische zugewiesen bekamen, legten sie ihre Stetsons Seite an Seite und verkehrt herum auf das blanke, rote Kunstlederpolster. Das sollte Glück bringen. Wenn man einen Hut mit der Krempe nach unten hinlegte, konnte man schließlich kein Glück fangen. Das wussten sie beide. Und beide nahmen sie stillschweigend an, dass sich ihre Vorstellung von »Glück« über die Jahre kaum merklich verändert hatte. Sie hatte nichts mehr mit Geld oder Erfolg oder Gesundheit oder der »Zukunft« zu tun – das war der Hauptunterschied. »Glück« hatte jetzt mit der Gegenwart zu tun. Damit, die Gegenwart festzuhalten. Oder vielmehr zu feiern. Jetzt hier in dieser roten Nische zu sitzen, mit dem Rücken zur Fensterscheibe, zum Colorado River und der flimmernden Mojavehitze draußen – hier im eisigen Hauch der Klimaanlage zu sein und zu sehen, wie Fayes Blick auf ihnen verweilte und sie dieses Lächeln lächelte und mit ihrem Block und Bleistift auf sie zukam, um ihre Bestellung aufzunehmen – das war Glück von der seltensten Art. Es war Glück, eine dauerhafte Freundschaft zu haben, eine richtige Partnerschaft, in ihrem Alter, und nicht zur grässlich hindämmernden Strafe des Alleinseins in einem dieser verglasten »Heime« verurteilt zu sein, an denen sie hin und wieder drüben bei Palm Springs vorbeikamen. Keiner von beiden hatte Grund anzunehmen, dass sich an dieser ihrer glücklichen Lage je etwas ändern würde. Sie erwarteten vom Leben nicht mehr als diesen Gleichlauf der Tage, diesen gesicherten Pakt und das Vertrauen darauf, dass die Tage und Nächte geteilt werden würden, ohne Komplikationen, ohne viele Worte und mit dem Gefühl tiefer Befriedigung angesichts winziger Details, etwa wie Faye ihren Bleistiftstummel anleckte und einen kleinen Seufzer ausstieß. Und so ging es für Sherman und Dean bis weit ins zwölfte Jahr in ihrem bescheidenen Bungalow am äußersten Rand von Twentynine Palms, bis eines Morgens der Himmel komplett einstürzte. Sherman wachte eine Spur später auf als sonst, und Dean war weg. Er suchte die Zimmer, die Veranda und das Gelände rund um den Bungalow ab, nahm sicherheitshalber sogar seinen Hickory-Stock mit, um Klapperschlangen abwehren zu können, aber Dean war nirgends zu finden. Sherman brühte sich eine Kanne Salbeitee, machte sich ein Stück Blueberry Pie warm, setzte sich dann damit raus auf die Veranda und beobachtete, wie die aufgehende Sonne alle Farben der Yuccas und Manzanitas verwandelte. Er sah einen Kojoten mit einer Packratte im Maul geduckt über die Schotterstraße schleichen. Er sah den Dunst der Hitze langsam in Schwaden aufsteigen und sich ausbreiten, wo der Asphalt-Highway begann. Er hörte, wie die Wachteln stiller wurden, je heftiger die Sonne schien, und wie zum fernen Lärm vorbeifahrender Trucks der der Sportwagen aus L.A. hinzukam, die auf Golf und Frauen und Casinoglitzer zurasten. Er dachte flüchtig an seine Jugend, schüttelte den Gedanken aber ab. Er wusste, wohin das führen würde. Er hörte das Blechdach über der Veranda knacken, als es sich in der prallen Glut der Sonne dehnte, und ihm wurde klar, dass er schon gute sechs Stunden in seinem Schaukelstuhl saß. Immer noch keine Spur von Dean. Die Stunde, zu der sie Faye unten bei Denny's besuchten, rückte näher, und Sherman fand, dass er sich schon mal bereitmachen konnte, und bis er so weit war, würde Dean bestimmt aufkreuzen. Aus irgendeinem Grund tat sich Sherman schwer, eine Klammer für seinen Bolotie auszuwählen, aber schließlich entschied er sich für das versilberte Hufeisen mit den als Nagellöcher eingelegten Türkisen. Er wählte die Klammer, weil es die Einzige war, zu der Dean ein identisches Gegenstück besaß. Sie hatten sie beide im Pfandhaus drüben in Indio gekauft – auch wieder aus Aberglauben, dass sie ihr Glück festhalten könnten, wenn sie sie trugen. Sherman fiel auf, dass Deans Hufeisen in dem Kästchen fehlte, also trug er es sicherlich, wo immer er war, und wenn Sherman seines nahm, würde das vielleicht helfen, sie wieder zu vereinen. Sherman ließ sich Zeit mit der Khakihose, dem gepressten Hemd und seinem »Open Road«, aber Dean war immer noch nicht aufgetaucht, und auf der langen, staubigen Straße war keine Spur von ihm zu sehen. Sherman fragte sich allmählich, ob er sich nicht auf den Weg runter zum Rootbeer-Stand machen und bei der Polizei anrufen sollte – hören, ob es vielleicht irgendwelche Meldungen über Dean gab. Dann aber fand er das verfrüht, und überhaupt ließ das Unglück sicher nicht lange auf sich warten, wenn man erst loszog, es zu suchen. Er blieb noch fünf Minuten – stand aufrecht auf der Veranda und spähte mit zusammengekniffenen Augen angestrengt in Richtung Highway nach der geringsten Spur von Deans Schatten, aber es zeigte sich nichts. Da brach Sherman mit einem flauen Gefühl knapp unterhalb des Brustbeins zu Denny's auf. Ihm war einfach nicht wohl dabei, allein loszugehen zu Faye. Ihn überkam dabei ein furchtbares Gefühl von Verrat, obwohl er doch alles getan hatte, so lange auf Dean gewartet und überall gesucht. Aber wie wäre *ihm* zumute, wenn Dean ohne ein Wort allein losgezogen wäre, um Faye zu treffen? Sherman blieb stehen und drehte sich um. Er blickte zurück auf den Bungalow – ihren Bungalow. Er sah jetzt leerer aus. Leerer, als wenn sie beide sich ihm, Seite an Seite, nach einem ihrer langen Wege runter zur Post oder zum Laden oder auf dem Rückweg von Denny's näherten. Jetzt sah er aus, als wohnte dort sonst jemand. Sherman ging zur Veranda zurück und ins Haus. Er suchte einen Zettel und schrieb Dean eine Nachricht: »Wo zum Henker bist du hin? Wir treffen uns bei Denny's. Ich gehe voraus und bestell dir deinen Paddy Melt, also trödel nicht. Sherman.« Er legte den

Zettel gut sichtbar auf die Küchenarbeitsplatte und beschwerte ihn mit ihrem Kaktus-Salzstreuer. Er sah einen Augenblick zur Fliegengittertür hin, als rechne er halb damit, Dean dort stehen zu sehen, aber er stand nicht dort. Es war ein Gefühl, als wäre da ein Gespenst.

Bei Denny's wartete Sherman neben der Kasse an derselben Stelle, wo er und Dean immer warteten. Er stand in der gleichen Weise da, wie er gestanden hätte, wenn Dean an seiner Seite gewesen wäre, und hielt den Rand seines Stetsons mit beiden Händen locker vor sich. Das Rückgrat ladestockgerade, die Augen in Erwartung Fayes auf die Küchenschwingtür geheftet. Aber Faye arbeitete an diesem Nachmittag nicht. Das wurde ihm klar, als er seinen Platz in der roten Nische zugewiesen bekommen hatte und eine andere, jüngere Frau mit dunklem Haar und säuerlichem Ausdruck kam, um seine Bestellung aufzunehmen.

»Wo ist Faye?«, fragte Sherman sofort.

»Wer ist Faye?«

»Das wissen Sie doch: Faye! – Faye arbeitet mindestens schon ein Jahr hier.«

»Ich kenne keine Faye«, sagte das dunkelhaarige Mädchen, während sie, ohne Sherman in die Augen zu sehen, eine Nummer auf ihren Block kritzelte.

»Sie kennen keine Faye?«

»Nein. Tut mir leid. Kenn ich nicht. Ich habe hier gerade erst angefangen.«

»Und wie kommen Sie her?«, fragte Sherman.

»Wie ich herkomme? Wie meinen Sie das? Ich habe mich um den Job beworben und ihn bekommen.«

»Aber wo ist Faye? Was ist mit Faye?«

»Woher – Hören Sie, Mister. Ich weiß nichts von einer Faye. Ich bin heute den ersten Tag hier, und ich kenne niemanden. Okay?«

»Holen Sie den Manager. Ich möchte den Manager sprechen.«

»Also – Gut. Möchten Sie erst noch bestellen?«

»Nein, ich möchte nicht bestellen. Ich möchte den Manager sprechen.«

»Sie wollen sich doch nicht über mich beschweren, oder?«

»Nein. Ich möchte nur wissen, was mit Faye ist.«

»Weil – ich bin heut den ersten Tag hier, und wenn Sie sich über mich beschweren, dann –«

»Ich möchte nur wissen, was mit Faye ist! Mehr nicht! Wo ist Faye! Irgendjemand muss doch wissen, wo Faye ist!« Sherman schlug mit solcher Wucht auf den Tisch, dass der Serviettenspender wegflog und der dunkelhaarigen Kellnerin ans Knie. Als Sherman ihr zu Hilfe sprang, schrie das Mädchen auf, und das ganze Lokal erstarrte. Jetzt fragte sich Sherman, ob all sein Glück auf einmal zerrann. Ob er jetzt in all die vertanen, dunklen Tage vor seinem friedlichen Leben hier mit Dean am Rand von Twentynine Palms zurückgeschleudert würde. Zurück in die Zeiten, als er mit gebrochenen Rippen und ausgerissenen Taschen in Straßengräben zu sich kam. Das ging ganz schnell. Er wusste es. Er hatte gesehen, wie schnell das ging. Das Glück wendete sich einfach, und das wars dann. Da war nicht viel zu machen. »Sir, was kann ich für Sie tun?« Die Stimme des Managers drang als Bariton durch. Sherman blickte hoch und sah einen beleibten, breit lächelnden Schwarzen mit blauem Hemd und rotem Schlips. Die dunkelhaarige kleine Kellnerin humpelte gerade, über ihr Knie jammernd, in die Küche.

»Ich wollte gern wissen, was aus Faye geworden ist«, sagte Sherman.

»Faye?«

»Ja, Faye. Sie wissen schon, die Kellnerin. Die hier tagtäglich seit über –«

»Sicher, Faye. Natürlich. Ich weiß, wer Faye ist. Sie bedient bei uns.«

»Genau! Sehen Sie. Sie wissen, wen ich meine.«

»Ja, sicher. Was ist mit ihr?«

»Wo ist sie? Wo ist Faye?« Sherman hörte selbst die Verzweiflung in seiner Stimme, und einen Augenblick schockierte sie ihn. Mit Schrecken wurde ihm klar, wie sehr er darauf angewiesen war, sie zu sehen, zu wissen, dass sie jeden Tag zur gleichen Zeit auf der Welt war.

»Faye haben wir auf den Friedhof verlegt«, sagte der Manager.

»Friedhof?«

»Friedhofsschicht, wissen Sie – Mitternacht bis acht Uhr früh.«

»Aha. Dann arbeitet sie also immer noch hier? Sie arbeitet immer noch hier bei Denny's?«

»Yessir. Sie gehört jetzt bloß zu einer anderen Schicht. Der Nachtschicht.«

»Aha. So. Ich verstehe.«

»War es das, was Sie wissen wollten, Sir? Sie hatten nicht etwa Schwierigkeiten mit der neuen Bedienung?«

»Nein, nein. Nichts dergleichen. Ich hatte mich nur gefragt, was wohl mit Faye ist.«

»Ist gut, Sir.«

»Ach – eines noch.«

»Bitte, Sir.«

»Mein Partner – Ich komme jeden Tag mit meinem Partner her – Dean. Sie haben uns bestimmt schon gesehen. Wir kommen immer –«

»Aber ja, Sir. Wir kennen unsere Kunden. Wir wissen, wer Sie sind.«

»Sehen Sie. Dann … Sie haben ihn nicht vielleicht irgendwann hier unten gesehen? Dean, meine ich – so heißt er. Sie haben ihn wohl nicht kürzlich hier gesehen?«

»Doch. Yessir. Heute Nacht erst.« Sherman spürte etwas wie einen elektrischen Schlag zwischen den Schulterblättern. Einen Augenblick glaubte er, es müsse der altbekannte Lichtblitz sein, der vom Himmel gesandte, vermeintlich, aber das hier war ein schärferer, eher verletzender Schlag wie Eifersucht. Ja, genau das war es – ein Eifersuchtsschlag direkt zwischen die Schulterblätter.

»Heute Nacht?«, sagte Sherman gepresst.

»Ganz genau. Mächtig spät ist er gekommen, lange nach Mitternacht, so gegen drei, vier Uhr. Es war kaum eine Seele da.«

»Aber warum nur?«

»Bitte, Sir?«

»Schon gut«, sagte Sherman und machte einen ersten Ansatz zum Aufbruch aus seiner roten Nische. »Um drei, vier Uhr morgens sagen Sie?«

»Ganz genau. Oder ziemlich. Mächtig spät – beziehungsweise früh, wie man's nimmt. Da drüben haben sie gesessen, in der Ecke da, haben Kaffee getrunken und gelacht fast bis Sonnenaufgang.« Sherman hielt inne und rückte seinen Bolotie zurecht. Er reckte den Hals, als wollte er durch die Feuerschutzdecke zum Himmel aufsehen, dann setzte er sich den Stetson auf den Kopf. »Kundschaft war ja so gut wie keine, darum habe ich ihr erlaubt, sich dazuzusetzen. Fand nichts dabei. Eine großartige Lady, das kann ich Ihnen sagen.«

»Das ist sie.« Sherman zwang sich zu einem Lächeln, lüftete kurz den Hut und machte sich auf den Weg zur Tür.

Auf der langen, staubigen Parallelstraße hatte Sherman auf dem Rückweg zum Bungalow Mühe, sich zu erinnern, wo er war. Eine Zeit lang dachte er, er wäre womöglich wieder auf den Schlachthöfen in Arizona bei der Arbeit. Er roch das Blut. Er musste den Kopf hochreißen und seine Augen auf die Grenzlinie des Horizonts heften, um sich zu erinnern, und trotzdem erkannte er das Gelände nicht wieder. Diese panische Angst vor dem Alleinsein hatte ihn lange, lange nicht mehr befallen. Die Sonne hatte den senkrechten Tageszenit erreicht, den Punkt, wo Sherman das Gefühl hatte, sein Kragen könnte im Nacken Feuer fangen. Er rückte seinen Stetson zurecht, aber der Nachteil des »Open Road« in praller Sonne war die schmale Krempe. Sein ganzer Rücken schien jetzt in Flammen zu stehen, und sein Kopf war wie ein Dampfkessel. Er wusste, dass irgendetwas ihn vorwärts bewegte, aber seine Gedanken wollten sich nicht richtig mit dem Puls seines Körpers verbinden. Er sah, wie seine Stiefelspitzen den Staub durchstießen. Er sah das gleichmäßige Pendeln seiner Arme, fühlte sich aber irgendwie außerhalb des Rhythmus. Als er sich dem Bungalow näherte, sah er kurz etwas aufblitzen, ein Sonnensplitter von dem identischen Hufeisen an Deans Bolotie. Er sah Dean draußen auf der Veranda im Schaukelstuhl sitzen, direkt ihm und der Straße zugekehrt. Er wusste, dass es Dean war, aber er sagte nichts und hob nicht mal zum Zeichen die Hand. Auch Dean rührte sich nicht. Er saß einfach stocksteif und stumm in seinem Schaukelstuhl, eisern der Straße zugekehrt. Als Sherman an ihm vorbeiging und im Haus verschwand, rührte sich Dean kein Stück, starrte einfach weiter hinaus. Dean hörte, wie Sherman im Schlafzimmerwandschrank wühlte, wie er Kommodenschubladen öffnete und schloss. Keines der Geräusche, die Sherman machte, hatte auch nur eine Spur von Wut oder der Absicht an sich, Dean eine Reaktion abzuzwingen. Sie klangen einfach nur so, als sei drinnen jemand und suchte oder sortierte etwas. Schließlich kam Sherman, unter dem Arm einen kleinen, voll gestopften Seesack mit seinen Sachen, wieder durch die Fliegengittertür. Dicht an dem kaputten Reißverschluss war in Weiß »U.S. ARMY« auf den Sack gestempelt. Der kleine grüne Kasten in seiner anderen Hand mit dem kurzen, einfach geknoteten Strick drum herum enthielt seine Ukulele. Sherman blieb weder stehen, noch wandte er den Kopf, noch gab er den geringsten Laut von sich, abgesehen vom Geräusch seiner Stiefel, als er über die Veranda ging und die Stufen hinab in den Sand. Dean blickte unverwandt dem verschwitzen Rücken nach, als Sherman sich auf der staubigen Parallelstraße weiter und weiter entfernte. Er behielt das X von Shermans Hosenträgern zwischen den Schulterblättern im Auge. Er sah zu, wie das X kleiner wurde. Plötzlich sprang Dean kerzengerade vom Schaukelstuhl hoch, ging bis an den äußersten Rand der Veranda und stand still. Seine Stimme brach ein wenig, als er Sherman hinterherbrüllte. Es war lange her, dass er jemanden angebrüllt hatte, und seine eigene Stimme erschrak dabei ein wenig. »Es war nicht meine Idee, es war *ihre*!«, brüllte er. Sherman drehte sich kein einziges Mal um. Er ging einfach weiter.

Alle Bäume sind nackt

Ich finde sie unten, halb eingeschlafen im Sessel vor dem *Dritten Mann*. Sie sitzt seitlich in die Polster geschmiegt, mit untergeschlagenen Beinen und herrlich vorgeschobener Hüfte, einer wirklich bemerkenswerten Hüfte, die nie ohne Wirkung auf mich bleibt. Ich fahre mit der Hand ihre Taille nach. Sie sagt in wehmütigem Kleinmädchenton: »Hi, Honey.« Ich hocke mich auf die Sessellehne und berühre ihr blondiertes Haar. »Ist der Film nicht einfach wunderbar?«, sagt sie bei der schwarzweißen Schlussszene, wo der Jeep, in dem Joseph Cotten sitzt, auf der langen Allee an Ingrid Bergman vorbeikommt und er beschließt, auszusteigen und auf sie zu warten.

»Aber sieh doch die Pseudoblätter, die da im Vordergrund fallen«, sage ich. Es rutscht mir so heraus. »Alle Bäume sind nackt, und im Vordergrund fallen Blätter.« Sie macht halbherzig »hm«, und da komme ich mir blöd vor, dass ich den emotionalen Bann des Films mit so einem läppischen Detail breche. Ingrid Bergman schreitet gemessen auf die Kamera zu. Sie hat einen großartigen Gang voll weiblicher Kraft: stolz, aufrecht und unnahbar. Joseph Cotten zündet sich eine Zigarette an und wartet. Die Art, wie er wartet, ist irgendwie arrogant, irgendwie typisch männlich. Die Blätter fallen weiter im Vordergrund, direkt vor der Linse. Ich denke an die verborgenen Mechanismen des Filmemachens.

Die Requisiteure auf hohen Leitern neben der Kamera, die Herbstblätter so fallen lassen, dass sie genau richtig herunterschweben. Die Windmaschine. Den, der die Brise reguliert. Ich bin gerade dazugekommen. Ich bin nicht in der Geschichte drin, fühle nicht mit den Figuren. Sie guckt schon von Anfang an, wach bis halb wach. Ingrid Bergman erreicht Joseph Cotten und geht an ihm vorbei, sie würdigt ihn keines Blickes. Sie geht direkt an der Kamera vorbei, ohne ihren Schritt zu verändern, verschwindet und lässt ihn allein mit seiner Zigarette zurück. Seine Arroganz verpufft. Er sieht in die Richtung, in die sie gegangen ist. In seinen Augen, in diesen Hundeaugen, die aussehen, als würden sie nie wieder genug Schlaf kriegen, spiegelt sich gewiss Verlangen und ein Gefühl der Vergeblichkeit. Plötzlich bin ich im Film drin, ohne sagen zu können, wie ich verführt wurde. Ich zapple genau da, wo der Filmemacher mich haben will. Die archaische Zithermusik setzt mir zu. Ich halte die fallenden Blätter für wahr. Ich mache den Gefühlssprung hin zum unmöglichen Graben zwischen Männern und Frauen. Ich schätze mich glücklich, hier bei der Frau zu sein, die ich liebe, die Hand auf ihrem blondierten Haar. Der Abspann läuft. »Warum ist Ingrid Bergman nicht stehen geblieben, als sie ihn dort sieht? Sie hat doch gesehen, dass er wartet«, sage ich.

»Das war nicht Ingrid Bergman«, sagt sie.

»Nicht? Sah genauso aus wie sie.«

»War es aber nicht.«

»Wer war es dann?«

»Eine, die Ingrid Bergman ähnlich sieht.«

»Aber nicht die Bergman?«

»Nein, nicht die Bergman.«

»Bist du sicher?«

»Ganz sicher.«

»Und warum ist sie nicht stehen geblieben?«

»Sie macht ihn verantwortlich, denk ich.«

»Wofür verantwortlich?«

»Kennst du die Geschichte nicht?«

»Es ist lange her. Ich glaube, ich habe den Film in den Sechzigern gesehen.«

»Sie macht ihn für den Tod von Orson Welles verantwortlich.«

»Aha.«

»Du erinnerst dich.«

»Ja«, lüge ich. Ich erinnere mich an gar nichts, außer irgend so eine Verfolgungsjagd durch die Abwasserkänale von Paris. War es Paris?

»Erinnerst du dich nicht? Der ganze Schwindel. Der Impfstoff?«

»Ach ja«, lüge ich wieder.

»Die ganzen Kinder, die an dem gepanschten Impfstoff sterben?«

»Stimmt.«

»Ich bin k.o. Ich gehe schlafen. Sperrst du ab?«, sagt sie.

»Klar«, sage ich. Sie rekelt sich hoch und geht gähnend aus dem Zimmer. Ich haue auf den Fernbedienungsknopf, und der Fernseher verbrummt zu Schwarz. Ich sehe in die Richtung, in die sie gegangen ist. Am Himmel hinter den großen Erkerfenstern zuckt Wetterleuchten. Ich sehe den Fluss taghell. Weit hinten im Tal donnert es. Es riecht nach Regen und Fisch. Die Hunde kratzen an der Fliegengittertür. Bei Donner sind sie alle feige. Wie lang ist es her, dass ich sie zum ersten Mal geküsst habe, und für wen gab ich mich damals aus?

Über den Autor

Sam Shepard hat an die fünfzig Bühnenstücke verfasst, daneben sind die Kurzgeschichtensammlung *Spencer Tracy ist nicht tot* und zwei weitere Prosabände erschienen: *Motel Chronicles* und *Habichtsmond*. Als Schauspieler hat Shepard bei rund fünfundzwanzig Filmen mitgewirkt; seine Rolle in *Der Stoff, aus dem die Helden sind* brachte ihm eine Oscarnominierung ein. Von Shepard stammt das Drehbuch zum 1984 in Cannes mit der Goldenen Palme ausgezeichneten Wenders-Film *Paris, Texas*, 1988 drehte er selbst den Film *Rache ohne Hoffnung*. Zu Shepards bekanntesten Bühnenstücken, von denen elf mit Obie Awards ausgezeichnet wurden und eines mit dem Pulitzerpreis, gehören *Vergrabenes Kind, Die letzten Tage des Henry Moss, Simpatico, Fluch der verhungernden Klasse, Goldener Westen, Liebestoll* und *Lügengespinst*, das ein New York Drama Desk Award erhielt. Als Mitglied der American Academy of Arts and Letters erhielt Sam Shepard 1992 die von der Akademie vergebene Gold Medal for Drama, 1994 wurde er in die Theatre Hall of Fame aufgenommen. Sam Shepard lebt in Minnesota.